U0636032

大道周口

王學嶺 著

中華書局

圖書在版編目（CIP）數據

大道周口 / 王學嶺著. — 北京：中華書局，
2020.9（2021.1 重印）
ISBN 978-7-101-14723-0

Ⅰ. 大… Ⅱ. 王… Ⅲ. ①詩詞 – 作品集 – 中國
②賦 – 作品集 – 中國 Ⅳ. I22

中國版本圖書館 CIP 數據核字 (2020) 第 161525 號

大道周口

著　　者　王學嶺
封面題簽　馮其庸
責任編輯　朱振華
裝幀設計　許麗娟
出版發行　中華書局
（北京市豐臺區太平橋西里 38 號　100073）
http://www.zhbc.com.cn
E-mail:zhbc@zhbc.com.cn
圖文製版　北京禾風雅藝文化發展有限公司
印　　刷　天津藝嘉印刷科技有限公司
版　　次　2020 年 9 月北京第 1 版
2021 年 1 月第 2 次印刷
規　　格　開本 787 × 1092 毫米　1/16
印張 21½　字數 170 千字
國際書號　ISBN 978-7-101-14723-0
定　　價　95.00 元

饒宗頤先生題詞

巍巍中華歌之詠
之悠悠鄉土吟之
唱之 采風
大道周口 馮其庸九十又二

馮其庸先生題詞

学嶺湾科遊学与于篤德功
節光先在於造意命筆極不媚中
粗別於和令孩抱著景悵念良
殿州～發打於猶寄之者深見其
不此松车樸實之真情也
中石圖

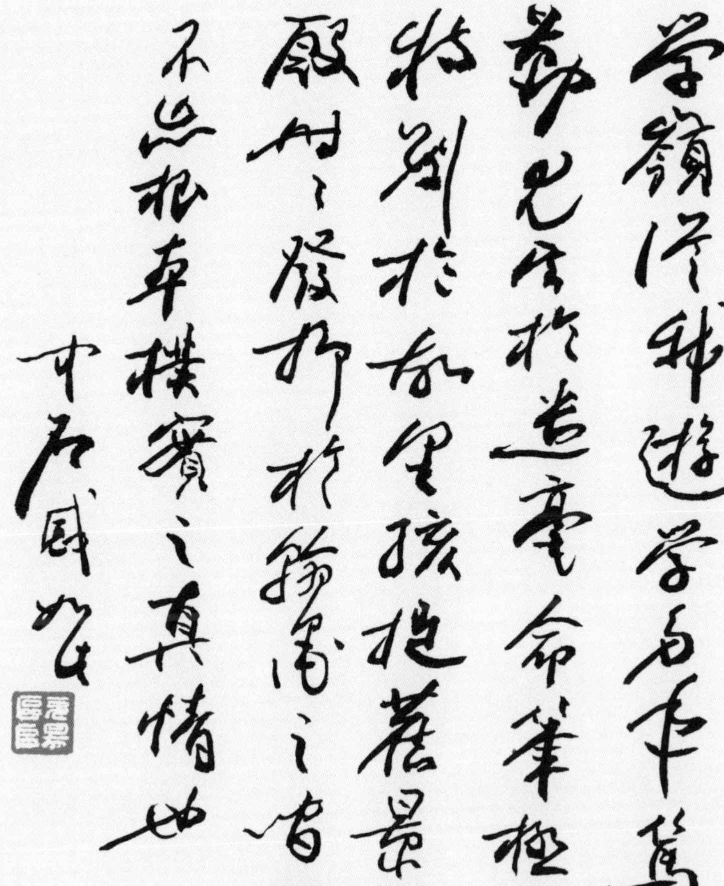

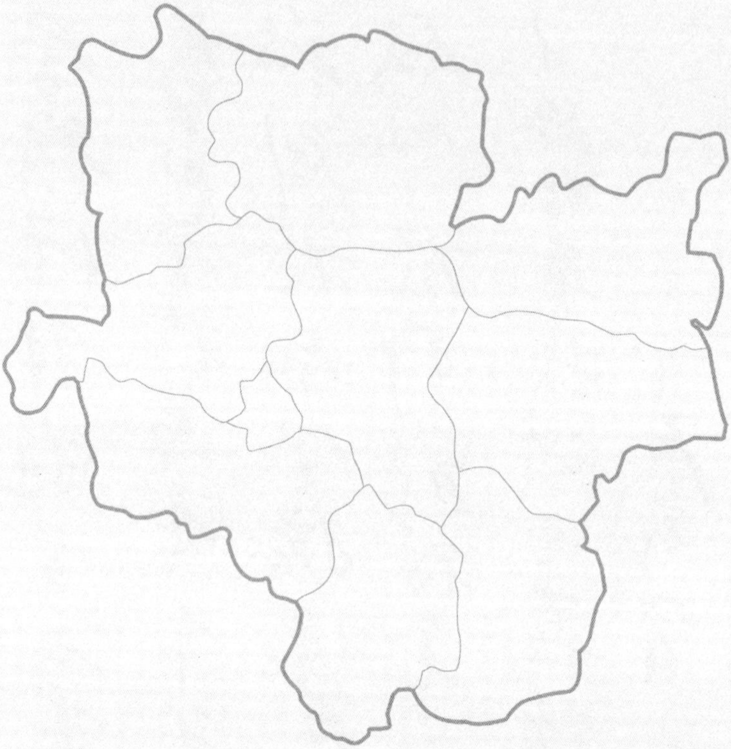

大道之行

以學者之靜篤，詩人之飛揚，以軍人之沉毅，書家之酣暢，更參以游子情懷，奉獻者風軌，尋道者之守望與求索，學嶺先生繽紛立身而蒼茫回首。中原風物，往事千年，故鄉周口形態豐富的文化遺産，盡化作胸次丘壑，絃間松風，筆底波瀾。先後歷經五載披閱，數度增删，終成詩詞聯賦一八二篇、真草行書一八二幅之《大道周口》巨製，並將捐歸周口市博物館。大義煌煌，鐵史玉文；心血歷歷，得其所也。

大道周口者，太昊伏羲氏於此肇始人文，開啓華夏文明曙光，文脉綿延六千五百餘年而蓬勃不息之謂也。

大道周口者，道家文化創始人老子生於斯、學於斯、悟於斯、得道於斯，周口爲道家文化之源之謂也。

大道周口者，一千二百萬新時代周口兒女勵精圖治，務實奮進，皇天后土氣象日新之謂也。

學嶺先生詩文筆墨歷史，與周口市博物館陳列之商鼎周彝歷史，虚實相映，新陳共生，直觀的感受與跨越的想象互爲詮釋，創下世界範圍内博物館歷史文化展示之新手法，殊爲可欽，亦當引起多方關注。

大道之行也，天下爲公；大道之行也，文化惠民；大道之行也，公益無價。

王少青　二〇一五年四月二十日

目録

鹿　邑

序

傅璇琮

近年來，我老邁體弱，不良於行，索居寓舍，多不能再爲學界友人著作撰序。況且我與王學嶺同志緣慳一面，對周口歷史瞭解甚少。因此，中華書局邀我爲《大道周口》寫幾句話，實在惶恐。然而，拜讀之下，如飲甘露，作者古典文學素養之深、周口文化底蕴之厚是我始料未及的。

一

周口雄踞黄淮平原，氣候温和，川澤沃衍，物産豐美，是我國遠古先民理想的棲息地。大量的文化遺存和歷史文獻證明，周口中心區域古曰「宛丘」，上古爲人文始祖太昊伏羲之墟，耕穡先聖炎帝神農之都；夏爲豫州之域，商爲虞遂封地；周武王封舜後嬀滿建立陳國；春秋末年，楚滅陳，公元前二七八年，楚頃襄王徙都於此，史稱「郢陳」。由於地處南北要衝，東夷文化和楚文化交匯碰撞，各種思想學説並行不悖。不惟道家鼻祖李耳誕生於斯，一部《道德經》震古爍今，澤被天下；更有儒學創始人孔丘三度莅陳，盤桓數載，設壇授徒，絃歌不絶。由是觀之，周口堪稱中華文明的重要發祥地之一。

這是一片古老而神奇的土地，有着豐厚的歷史積澱，發達的農耕文明，異彩紛呈，不勝縷述，兹略舉文學一端，管窺蠡測而已。周口文學歷史悠久，人才輩出。先秦以《詩經·陳風》十篇二十六章爲代表，真實生動地描繪了陳地濃郁的民風習俗，格調高古，意象清新。其中《月出》一篇是這樣的：

月出皎兮，佼人僚兮。舒窈糾兮，勞心悄兮。

月出皓兮，佼人懰兮。舒懮受兮，勞心慅兮。

月出照兮，佼人燎兮。舒夭紹兮，勞心慘兮。

見月懷人的朦朧意境，復沓回環的四言節拍，三章一體，一唱三嘆，具有强烈的藝術感染力，肇開中國詩歌以月喻人的濫觴。秦漢以降，陳郡的名門望族，如陽夏謝氏、太康袁氏、南頓應氏、長平殷氏等隨晉室南遷，涌現出應劭、應瑒、袁紹、袁宏、謝道韞、謝靈運、殷仲堪、殷芸等優秀作家，可謂群星璀璨，輝映千秋。唐宋之際，李密、李白、歐陽修、蘇軾、蘇轍、張耒等文人騷客紛至沓來，或訪古憑吊，或唱和抒懷，留下膾炙人口的詩文篇什不計其數，從而成就了旅陳文學的獨特景象。至於明季李夢陽，近世袁克文、張伯駒諸輩，都是周口文學的翹楚。

二

中國人向來安土重遷，慎終追遠，對故園的文化認同和心理皈依是與生俱來的。王學嶺同志客居京華，心念桑梓，他把濃濃的鄉情融入到《大道周口》的字裏行間。就其學術性而言，大致有如下三個鮮明的特色：

其一，體例創新，氣勢恢弘。

在漫長的歷史長河中，勤勞智慧的周口人民創造了豐富多彩的文化、生生不息，至今仍閃耀着奪目的光輝。用何種體裁才能呈現周口的傳統文化，彰顯周口的時代風貌呢？難能可貴的是，作者大膽摒棄教科書式的習慣寫法，別出心裁，採用語言優美凝練、韻律豐富協暢的舊體詩賦的形式，按現代行政區劃，十地十卷，提綱挈領，博觀約取，自出機杼。各卷以《周口頌》統領其首，依次是「八景新詠」——以五言律詩詠懷古迹；「七臺新詠」（淮陽、鹿邑）——以七言絶句記述古今地名；「文化産業」——以詞曲謳歌新興文化景觀；「非遺坐標」——以對聯記録傳承有自的非物質文化遺産；「滄海一瞬」——以辭賦鋪叙本縣（市、區）歷史沿革、人文景勝。律詩平仄合韻，文采飛揚；詞曲委婉有致，情景交融；對聯工穩典雅，推陳出新；賦作義藴深厚，熔鑄滄桑。兼之，題解簡明，注釋詳贍，語言平易，既方便了閲讀，又開拓了詩賦的意象。從整體上看，諸體兼備，條目清晰，形式活潑，雅俗共賞。縱觀兩千多年的中國古典文學史，以一己之力一種體裁反映一地風情的文學作品並不鮮見，而像本書作者用詩、詞、聯、賦多種文學樣式來表現同一地域文化，應該説是前無古人的有益嘗試，拓展了新時代的學術境域。

其二，多重證據，取材廣博。

治學之道，必以佔有材料爲先。上世紀二十年代，王國維先生提出了「二重證據法」，以地下新材料補正傳世文獻，給學術研究帶來了質的飛躍。在取材上，王學嶺同志並不囿於經史、筆記、方志、家乘等歷史文獻，而是不辭劬勞地親臨遺址、古墓等歷史現場，思接千載；深入田間地頭，聆聽村婦野叟世代口耳相傳的故實，尋繹歷史的真相。力求歷史文獻、考古發現、口述傳說和學術成果互相參證，把原本枯燥乏味的歷史從千年塵封中喚醒，穿越時空，鮮活立現。更有甚者，於無徵不信、言必有據之外，兼顧讀者閱讀的快感，有意保留了個别存疑的軼聞趣事。所有這些，我想從詩賦文學創作的角度來説都是無可厚非的。

其三，詩書合璧，相得益彰。

中國是一個詩歌的國度，又是書法王國。自古迄今，文學與書法有着不解之緣，藝文雙修的大家代不乏人，舉凡陸機《平復帖》、王羲之《蘭亭序》、杜牧《張好好詩》、歐陽修《集古録跋尾》、蘇軾《前赤壁賦》、黄庭堅《松風閣詩》等傳世墨寶，書以文顯，文以書傳，被後人奉爲圭臬。值得一提的是，世稱「小謝」的南朝陳郡人謝朓，文章清麗，兼擅草書，「草殊流美，如薄暮川上，餘霞照人；春晚林中，飛花滿目」（唐·張懷瓘《書斷》）。王學嶺同志遠紹前賢，匠心獨運，詩詞對聯以行書出之，意態縱横，痛快淋灕；贊頌辭賦以楷書出之，首尾相應，沉着謹嚴。唯其如此，詩賦的意藴、書法的神采融合爲一個新的藝術天地，讀者於不經意間便會生發出天高地迥、心曠神怡之感。

要而言之，王學嶺同志别開生面的學術追求，賡續文脉，景行前賢，嘉惠學林，啓牖後人，從更高層面上發掘了周口地域文化的歷史内涵。同時，有裨於讀者陶冶性靈，感受古典詩詞和書法藝術歷久彌新的魅力。

三

每個人都有自己的故鄉，每個人心中都有一抹揮之不去的鄉愁。不過，我覺得本書不僅僅是作者對鄉園故土的抒情慨懷，還應是地域文化的當代探索。弘揚中國優秀傳統文化，實現中華民族偉大復興，從來就不是一個空洞的符號。我這次通讀王學嶺同志的《大道周口》很受啓示，確信地域文化能夠進一步激發人民的無窮智慧和偉大創造力；地域文化的力量最終可以轉化爲物質的力量，文化的軟實力最終可以轉化爲經濟的硬實力。這部《大道周口》必能使讀者更加認識到中華民族文化的燦爛輝煌。

「海内存知己，天涯若比鄰」。我與王學嶺同志儘管素昧平生，信筆所至，難以窺其堂奧，正如歐陽修説的：「披圖所賞，未必得秉筆之人本意也。」但是，通過閱讀此書，撰寫序言，涵養了我們之間的學術情誼。

二〇一五年三月　時序春分

大道之學　周口之華

學，識也，好學而近智者；學，效也，近皎而愈明者。學而時習以悦，學以勤問而達。達通景行，涵泳至道。

周口之道，曰易與不易，曰生與不生，曰得與不得，曰衡與不衡，曰察與不察；在紋以樸、文以韻，在武以制、武以合，在正以貞、正以行。

易與不易者，近有八卦乾坤，遠有河洛書圖。自黄河之波推，伏羲氏發文明之端而肇人民之生，紋羽盤旋，祥鳥至春秋而不殆於秩序；嘉木崆峒，明琴於朝夕而長示於禮教，蓍草之弱，開生息斷續之曠朗；龜甲之堅，兆問卜觀照之幽密。天地陰陽，復衍合同，取諸身物，化教古今。順天應人之文武略，争鳴較彩之浪濤籌，無不出於此間。儒學之克省，仁愛而仁義和，若陽昇雨即，珍而守之莫荒縱之；道家之天真，無爲而無不爲，若天草春英，默而生之孰眷羈之；法經之同一，重禮而不相逾，若聲音節律，約而曲之令拍和之；墨理之精誠，尚賢而非貴賤，若漁魚蓄畜，厚而容之將力行之；陰陽之分行，迂怪而終會期，若水月風流，演而映之互消長之；縱横之合勢，因時而通機變，若分班佈列，謀而斷之常左右之。文采揚抑如明仁，物理逍遥如樸德，琴瑟整齊如度律，耕織安居如經紀，輔益相生如諧合，陶鈞任使如大同。兩極多變幻，一水何滔滔。

生與不生者，女媧氏有生民育物之德，神農氏有生苗治湯之功。瓠瓜有籽，天地爲音，蒼民知合，世代生息。五穀豐饒，厚土時新，百草明性，鍼砭續芳。所生者，物象性靈；所不生者，稗莠不肖。神皇聖跡，治平而韻遠，澤廣而風親。無笙簧不成禮，無耒耜不爲農，生萌而紋華，演繹而萬千，惟此樂土是根。《禮記》之「昏義」，《白虎》之「嫁娶」，和融飄渺兮《山海》之八荒；《本草》之「集註」，《千金》之「翼方」，翻陳出奇兮《遵生》之八箋。讚《天工開物》，嘆「陶埏」「燔石」，「粹精」「乃粒」，道「五金曲蘖」，萬里疆方，何事何物不可聞？何法何藝不更生？

得與不得者，非常之道乃深意，無爲之德乃常安。道德青牛，童子爲牧。天清地寧，神靈穀盈，萬物得一而致無極。《秋水》之三籟尚行，《金人》之三緘無多，太公之《六韜》武經，楚人之《鶡冠》刑名，《黄帝》之「素問靈樞」，葛仙之《抱朴》「金丹」。出世而飄飄，入世而鏗鏗。陰陽道理、天象物流而清净，五行百陣、經絡導引而自然，符紋圖説、桃花村酒而深遠。得之何意，忘之何憂，未尋而至，遍訪無踪，清心一句，道德如雲。何以知衆甫？聽鹿苑鳴音而雕亭雀躍。

衡與不衡者，陽城鬼谷，杳邃不可形容，行人入且迷，居者行而嘯。縱横如風掠雨追，捭闔如結枝履草。一卷天書，諸侯傾倒。孫龐故事，蘇張奇謀，翕張有法，神鋭本經。戰國之策記百年，虞氏之政謀八篇，斜逸旁出而莫從測探，峭薄怪繆而争相倚重。兜鈴一紀，瓶菊歷霜。未知山鄉花開其久者，息壤甘封，咸陽陳言；未曉强秦信出其堅者，春秋以降，新穎何與？

察與不察者，白雲堪爲形容。醒與不醒者，希夷最是透徹。過河青衣影，市肆草服行，性惟「呼吸累」，《先天方圓圖》。《正易》犧皇心地，《指玄》自家内丹，《三峰寓言》若隱，理學經卷明揚。百源《擊壤》而《觀物》，濂溪《愛蓮》而《易説》，張子《正蒙》而「繼絶學」，程氏《全書》而「存天理」。《朱子語類》《象山學案》，至今仍存鼎爐。自圖象數理，而關、洛分枝，陰陽心脉；更《數書九章》，正負開方，《算法統宗》，珠玉指盤。老祖喜睡更無煙火，世人察察飛霧幾重。

周口風華，紋以樸、文以韻。樸而能開宗，韻而能致遠。《陳風》篇什，《洪範》音聲。絃歌若聞，宋賦美聽。考叔純孝，思王至情。丘生嚴墨大律，殷子倜語小説。謝家清發，應門琳瑯。穎筆例注春秋，程臺陶冶春風。望樓吟詩，蓮舫讀書。高氏傳道授業，周文一夕千字。七子古文，《空同》風迴，大鈞詩鄉，高歌曲勁，雁翎隊隊，新華樂鳴。

武以制、武以合，自媧皇安靖，高宗驅蝗，少康發憤。看烏騅畫戟，項氏凛凛；河北纛旂，袁氏昂昂。襄王駐車馬，義軍城扶蘇，高祖惜固陵，武侯淚長鄉，寧平之西漢，武平開三國。舞陽英侯看黄河，大樹將軍破荆棘，陳王飛箭退黄巾，賈軍束甲發良渠，鄧城留名鄧將勇，鐘鎮獻策鐘臣智。王明抗金，曾公拒捻，嘉禾勛章，小站兵法，清廉烈士，紅樓戰旗，兵暫起而終爲民安。

正以貞、正以行，有虞氏體恤冬涙，袁門忠諫仁風，陳庭撫琴柔視，汲閣卧銘顛心，潁川吏治之首，司空易學之擅，教習龍門方嶽，考校望京獨坐，李老懸鼓自治，包公開倉放糧。宛丘童顔，真武冥修，沈子高士，謝家捷報，脉訣針方，蠢子醫術，皆爲修身治世，温湯和春。大道同一而周行不怠，文經武略而雅仕逸人，吾之陋文未可盡言。

説者，所以釋也，所以明也，論以言而遊於説。述者，所以循也，所以紋也，術以遠而考之近。

周口之文華，洋灑萬言猶難擬；周口之學術，誠可爲開立襄助。吾輩望家鄉之蒼斑慈意，何嘗不涕於胸且振於臂？家鄉便是吾輩之情繫、之謳歌。孰無家？孰不愛家？

學問周口，長行大道。華夏和風，四海傳揚。

甲午仲秋於北京文珍晴窗並寄願周口之學日益發揚　王學嶺

篇章户牖道家園

——《大道周口》之詩文漫談

文者，《説文》謂「錯畫也，象交文」。漸爲黼黻文章，五色鮮明而五音諧和。文華若水，縱横徜徉，於峰谷間流轉，於埠口旁停頓。「篇章户牖，左右相瞰」（《文心雕龍》），括情理而向明堂，矯辭采而闢泥丸。

周口始自水岸子午街，溝通聯達。情之所泛，生發南枝北葉；道之所經，蘊藏古往今來。略如：道之萌，有伏羲氏白龜玉草；道之生，有神農氏五穀絲絃；道之化，有夏王神漿中興；道之虚，有老子玄鐵上善；道之言，有《陳風》澤陂月出；道之縱，有鬼谷洺水誠情。西華古寨，女皇時若悠遊桃冶；淮陽高臺，龍湖曾爲傾倒彩鱗。扶溝煙霧，書院仍因如傷立雪；項城蓮薰，石刻猶作鵬舉鶴賓。太康歌響，詩仙醉讚靈心秀口；沈丘字韻，童蒙争誦尺璧寸陰。商水行潋，寶塔如觀太子教諭；鄲城拂曉，白馬似望公主廉臣。鹿邑聞苑，真源亦記希夷怵迫；川匯人家，民生樂道忠義和春。

十縣十風，摶結扶搖，雨滴煙落，敲叩有情，若非熔意，則無以成紋。於是忐忑自心，温故思學，求新謀篇，謬作本詩文。心欲歌志而未曉音聲，學欲明德而疏讀典籍，唯以家鄉爲至重，而難滯止此思想創作。幾易稿，却仍是如醉如痴，亂塗亂寫。

其時數載，每讀詩、每臨帖，更每做比擬。詩之六義，於作法有賦、比、興。書之八法，於左右有策、掠、啄、磔。風雅爲基樑，賦興以鋪張，側趯若發聲，策磔似顧盼。故曰，詩篇非已遠，循行可拾樸茂清新同著筆端：花香室雅，留心倡嘆意韻；夜碧鐘清，取法山水紋珍。

今時吟詩，略舉八法。曰設、酌、舉、入、抒、採、約、範。設，即施陳規矩；酌，即擇善行清；舉，即同引互徵；入，即遠映内明；抒，即灑掃羅列；採，即左右揚菁；約，即合序中節；範，即如常若輕。

詩先須設義較情。如周口詩文，歌行樂府、律絶古風，孰爲優異，皆由文章之義；體事用詞、濃鋪淡染，自因物我之情。因由事物，比較體裁，若擇木承輿，山川地理納於胸中，則不置孤樓於險峰，或施漆粉於草堂。亦要度量自家工技，琱鑄得幾分巧妙。三種思量均不可少，方可作合古宜今之建設。

酌行佳釀香氣迎。於事於文，應常追美雅清逸。周口十地，瑟笙千載，河不息而風猶迴，星常移而澤永馨。遠古神皇之文化，歷代聖賢之詩書，俯仰遍是，雖静默不揚，而甘香厚味難比一二。於中作文，自當以敬爲本、以清爲宗，但求盡力。且務令有力、牢固，使其香迴旋繚繞，彌新不減。此一力量，非爲寫周口獨具，乃凡吟誦必堅持。要之，撮舉其神。

舉則雙手雙睛同尋，全盤而呈。吾輩作文，少煉字，多煉事，未達空靈，却造空洞。逢山呼巍峨，遇水唱滂沱，轉行再題，仍是滂沱巍峨。是不考據也。爲詩但須多憶陽城宋子筆下東家女，增減不可，易妝不適，獨有其美，方是此間詞句。要捨得麻煩，多多「費」事，事物之注愈細，則詩文之容愈佳。

入室登堂，推窗望去，長路成蔭，曲廊結英，再無外行奔波之煩躁。爲何？物我一也。或曰能將芥子納須彌，須彌即芥子，便是自在騁懷。内外象理合融，立脚在中，環顧皆是詩所用者，即爲由道而得之初。至此不論言辭高下，意已顯韻已生矣。務使體裁明確，綱領高潔，廣集博物，於中正言，以立樓閣之固之高。再取雋妙綽約，則見諸抑揚有度，獻替精當，言合古道，句造自然。

抒縱抑揚，闔闢成章，是洋灑巨製。萬途競萌，羅列辭采，是吾等作古詩詞之慣好。脱出空洞，便向繁蕪。雖作規矩整潔，猶令人多餐而寡味。凡此時，回思立脚是一，進而煉字是一。

採擷尤難。似遊芳苑瓊瑶，映目無非所愛，去一字也不忍。反復不忍，却成了亂花迷目，一點瑶草亦不再現。詩文比賦，非是字詞堆積。但能用一字，不着一詞；但能作多意之語，不取獨解之言。「情周而不繁，詞運而不濫」（《文心雕龍》），觀於詩文，句難削讀，字難減音，則文思核要愈加顯明；

通音達義，調獻節替，則爲行文坦途。其南北交錯，張弛傾顧，如映眼帘。

約文以禮，合聲以律。文化不離傳統。詩之由民間而廟堂，或爲勞作生息，或爲郊祭讌賓，同時序行、共德教興；或爲樂府歌曲，或爲清商詞牌，因紀事行、以表情興；或爲駢儷四六，或爲工整五七，與江河行，自田園興；約纏非是細綁，乃是溯洄其阻，宛在水中。吾始終謂不學古法，難附古典。於是每反觀自家詩文，便問有幾分古意正義，以作督促。

範之行也，驅馳於路，推延以道。其爲法理楷則，亦如常若輕。字句合乎天然，亦即合於時代。乾坤之載，萬物出焉；春秋四季頻頻過，夏花雖偶落，道理只如常。吟詩不求險絶，已是高境界。至於衆妙，常默存於樸素悠遠，未曾偃卧窗前苗圃或是院外澤陂。悠遠視界，似大而繁混無邊，但若得其輕巧，詩文便自空靈超逸。

詩文已有意韻，有氣象，可更爲情致。其或鏗鏘，或柔緩，或似高下起伏，交替爲呈。造設情致，多與筆力相關。筆力於書，是爲技法學養之磨煉；於詩亦同。

此外，凡作詩文，設制時，翻側周旋勿瑟縮；酌意時，著力秉志戒昏疏；舉物時，左躬右偃慎高慢；入境時，跳進躍出須自如；抒言時，彙集策運似振羽；採句時，沐風衝穎若掠波；約文時，直指正源無旁騖；範情時，盡與天真共嘯歌。於動静之間、憂喜之中常思中節，於風雅之後、詩詞之中多擬正義，則句昂揚而聲愈鏗鏘。

人生自然，物象天真，但開得心扉，風景畫卷孰非筆墨。土地承育，山水紋脉與田園資糧，何一不具深情。「登山則情滿於山，觀海則意溢於海」（《文心雕龍》），物容、辭情之立，根基乃眷戀熱愛之衷。

本書所輯詩書，均爲周口歷史文化；依區劃作十卷，每卷子目相同，目列因各地而殊異，此是總綱。形式有律詩、絶句、詞、聯、賦，手稿書體多爲楷、行。

其中，「八景新詠」取志載八景並民間傳説，重複合併、多衍擇優，舊更屬地而兼有者循史；「七臺新詠」僅淮陽、鹿邑，乃因所閱書中別縣未録；「文化產業」即近年政府主倡之文化產業，每縣自不止四地，爲篇目整齊而從史、文項分做精選；「非遺坐標」乃非物質文化遺産項目，周口非遺及傳承人極多，故選省級以上者，非有厚薄；「滄海一瞬」爲吾對各地歷史之慨讚抒發，兼作人文景勝補遺，望不致臃贅。

周口大道，道出天然天地廣；龍湖曲紋，紋藏物象物華豐。吾輩追慕者擷拾點滴，謹呈祝願。請方家同道多予指正，並望華人多矚目家鄉。

王學嶺

周口頌

天地玄黄，宇宙洪荒。無形斧斫，亘古祥光。
白龜入目，風雷貞揚。龍湖笙簧，坤彩西東。
文明肇始，安居和衷。思彼遠鴻，問田人家。
葳蕤之獻，歲有嘉華。星漢浮槎，道德即君。
青川鹿影，洄溯崇文。奇策隱雲，孝勇如澎。
百千其著，燦爛其明。朝啓夕更，俊彦可追。
箕絃蓮雪，泮玉弘之。臺閣城池，海内椿萱。
太簇集萃，物理發源。悠悠周口，歌以咏之。

天地玄黃宇宙洪荒無形斧斫亙古祥光
白龜入目風雷貞揚龍湖笙簧坤彩西東
文明肇始安居和衷思彼遠鴻問田入家
葳蕤之獻歲有嘉華星漢浮槎道德即君
青川鹿影洄溯崇文奇策隱雲孝勇如澎
百千其著燦爛其明朝啓夕更俊彥可追
箕絃蓮雪泮玉弘之臺閣城池海内椿萱
太簇集萃物理發源悠悠周口歌之詠之

周口頌

甲午冬月王學嶺於北京西苑

元宵以至和風蒼溟依羽翠蔥
芹蓮掩潤勤絨翼共向雷隆湯
野陰陽首千萬壽樂禮桐手、
明睿曜上、聖人言

淮陽八景之羲陵嶽峙
太昊陵為太昊伏羲氏陵廟 春秋即有陵
漢有祠 唐宋明清多有修建 歷代均隆
舉祭典儀式 或皇帝親祭

淮陽

古稱宛丘、陳、淮寧、陳州等，因地處淮水之北而得名，歷史文化名城。這裏是「人文始祖」伏羲氏部落的中心活動區域，自西周分封陳國起，即爲中州名城重鎮，秦末農民起義張楚農民政權曾建都於此。平糧臺古城遺址、太昊陵廟、劉崇墓現爲全國重點文物保護單位。二〇一二年三月被評爲「全球華人最向往的十大根親文化聖地」。

八景新咏

羲陵嶽峙

太昊陵爲太昊伏羲氏陵廟，春秋即有陵，漢有祠，唐、宋、明、清多有修建，歷代均隆舉祭典儀式，或皇帝親祭。

元氣若和風，蒼溟佈翠葱[一]。荇蓮摇網勒，絨翼向雷隆[二]。
漫野陰陽草，高臺樂禮桐。年年明睿曜，上上聖人宫[三]。

[一] 「元氣」即伏羲。「伏，司也。從人從犬。羲，氣也。從兮，義聲」（《説文解字》）。

[二] 伏羲氏將「龍」作爲華夏民族的族徽，「庖犧，有龍瑞，以龍紀官，號曰龍師」（《史記·五帝本紀》）。

[三] 古人把太昊伏羲氏列爲「上上聖人」。

蘇亭蓮舫

蘇轍爲陳州教授三年間，於城西北柳湖中，分蓮建舫。兄蘇軾數次來陳，盤桓美景，互答詩作，留爲佳話。

白藕知空節，黄庭遠蠹塵。閒描三季柳，醒潑五更筠。
兄友曾相問，陂湖亦半皴。蓬涵小徑没，葉碎暑堂新[一]。

[一] 蘇轍《雨中招吴子野先生循州作》有「柴門不出蓬生逕，暑雨無時水及堂」句。

卧閤清風

汲黯爲人倨傲憨直，但多有賢聲，好學重内修，以清静爲政，曾任淮陽太守，時年高，則卧而治之，秩居七年而卒。

納爽遊雲合，推敲落雀迎。絃音流百麗，瓦色宿純明。

結木春秋印，越香紅紫英。樓廊通變化，衣帶護飛萌。

望臺煙雨

張詠遭彈劾任陳州知州，於龍湖中央桃花島經三十四年，築望雨臺，時時登臺望宋都。可知情懷難酬。

重雲半若花，任意落孤斜[一]。雅宴空階冷，青眸薄霧遮。
波追浮雪瓣，袖捲抱涼琶。滴滴聲難託，絃絃遠海槎。

[一] 望雨臺爲宋知州張詠所築，張詩《雨夜》有「無端一夜空階雨，滴破思鄉萬里心」句。

柳湖漁唱

柳湖在城西北隅，環邑皆柳，湖其一耳，釣艇浮波，漁人迭唱，綠楊深處如聽吴歌，徜徉生趣。

白日風明灎，雕欄水叠香。百金歌醉醒，五尺嘆尋常。
曲動田田葉，川飛陌陌桑。岸遍新柳黠，做笛鬧吴腔。

絃歌夜讀

絃歌臺在城西南里許，傳孔子阨陳處，前爲正殿，後爲書院，七邑諸生肄業其中，令人慨想書聲。

明月古炊墻，連旬一石糧。絃歌傳後學，埃墨寄衷腸[一]。

數邑嘉文藻，經年重德堂。清新霞泛色，燭外更熙光。

[一]《孔子家語·在阨篇》記載：孔子阨陳，子貢糴米一石，顏回仲由炊於壞屋下，有埃墨墮飯中，顏回取食之，子貢自井望見之，以爲竊食，入問孔子。孔子信回，並問以其實，令二三子服之。

蓍草春榮

蓍草園在羲陵後，方廣八十步餘，每春雨簾纖，靈根秀發，即所云「青雲覆之、神龜守之者也」。

祥雲飄玉幔，白甲守元亨。野郭新柔懶，芳臺碧綠成。
河開知婉約，朔別寄申更。曉得春來去，繁華一葉貞。

蔡池秋月

畫卦臺前有池，世傳伏羲於蔡水得白龜，鑿此池蓄之，每月到天心，風來水面，清光上下瀠洄。

神龜的有靈，偶坐少年驚[一]。曠代文圖鑿，和時印象銘。池中蟾漸點，海内月全形。大道同虛實，常心若太清。

[一] 一九八四年，一少年在白龜池釣出一隻白龜，龜甲紋與八卦驚人相似。見齊修衆、徐秀俊《淮陽縣發現稀世白龜》（《生物學雜志》一九九一年）。

七　臺新詠

畫卦臺

此臺一名八卦壇，《古今圖書集成》載：揲蓍壇在陳州北一里，昔伏羲於蔡水得白龜，因畫八卦於此，壇後有畫卦臺。

轉瞬滄溟幾萬年，銘心白玉數紋煙[一]。
小荷知否湖推卦？春草無聲道自然。

[一] 畫卦臺下蓄白龜之池爲白色。

五穀臺

淮陽有神農井、五穀臺等，爲神農「藝五穀」神跡，歷代多來祭祀，以求五穀豐登，涵養萬民。

渾成一井九甘泉，欣喜黃沙緑柳田[一]。
稻穀無花香肺腑，神奇種籽厚民天。

[一]《水經注》：「神農既誕，九井自穿，謂斯水也。又言汲一井則衆水動。」

絃歌臺

絃歌臺上有孔聖人廟，傳孔子被困陳蔡間，絶糧七日，弟子皆飢餒有病，依然講誦絃歌不止。

時聞爨下曠懷歌，若夢桑林細轡珂。
風捲黄巾千弩箭，陳臺絃引遍菁莪[一]。

[一] 傳東漢陳王寵善弩射，黄巾賊起，寵有强弩數千張出軍都亭，國人數聞王善射不敢反叛，故陳獨得完。《元和郡縣圖志》：「後漢陳王寵善射，嘗於此教弩。」其弩臺即今絃歌臺。

讀書臺

城西北柳湖中，宋蘇轍爲教授築亭讀書，其亭四面皆水，夏月芰荷盛開，足以娛目稱勝。

連霞宦海扁舟望，分月煙樓白鷺行[一]。
寄意荷香清韻遠，無心魯壁古風迎。

[一] 蘇轍因貶至此，時時警醒自己「宦海若扁舟」。

梳洗臺

宋狄青判陳州時築梳洗臺，時遊憩焉，城北二里，上建樓，曾爲真武廟，石欄翠屏林木相掩映。

環城水净欄香潔，四野風蕭樹影森。
北望戎裝人久立，蒼蒼白霧滌清心[一]。

[一] 狄青因宋仁宗「重文而抑武」而「出判陳州」（《宋史·狄青傳》），常憂披戎裝，登柳湖岸畔高臺。舊志載：臺上建有真武廟。

望魯臺

望魯臺，又稱秋胡臺、魯臺、望夫臺。臺高丈許，佔地一畝，傳爲秋胡之妻望夫之所，後人築臺。

催鞭三陟暮晨消，桑葉無聲食案遥[一]。
柱杖高臺尋稱意，柔荑艷影碾瀟瀟[二]。

[一] 顔延之《秋胡詩》有「三陟窮晨暮」句。

[二] 此臺傳爲秋胡妻望夫臺，明清《扶溝縣志》均載：「秋胡廟在城東十里」，所供爲「羅敷其人」。《淮陽縣志》亦載魯臺「在城東南三十一公里魯臺集」。又：各地多有秋胡及其妻遺跡，今不考究竟，只作抒發。

紫荆臺

紫荆臺在淮陽南，因有古紫荆樹而名。紫荆樹人稱「兄弟樹」、「同本樹」，紫荆花爲「兄弟花」，象徵團結。

荆花紫樹青枝脉，綉葉心形手足章。
山色圓融因日暖，清溪灌溉爲同芳。

登臺歌

臨湖把盞，俛真仰緐。蒼青簇錦，麗藻爛漫。
遠音忽起，紘柱鳳鸞。竹茅侑嘯，舊曲夢蟠。
舞兮蹈兮，所思竟何。類物通明，丘影山郭。

文化產業

行香子·太昊陵景區

伏羲氏定都淮陽，制網罟、畫八卦、制嫁娶、正姓氏、興庖厨、造書契、明紀官、作甲曆……功績不可勝數，他開發文明，教化民衆，團結部族，後世皆稱人祖，居百王之先。

紫宙崇隆。九壤和風。御遊雲抱月蒼穹[一]。黃波甦醒，翠穎繁蒙。又開明艷，昇明曜，澤明峰。

八方四部，奔騰來溯，樂人間文始華宗[二]。勻停龜甲，較比蓍茸。共記飛星，寄飛羽，望飛龍。

〔二〕 太昊陵道儀門有「望斗牛挾飛仙以遨遊，御清風抱明月而長終」聯，集自蘇東坡《前赤壁賦》。

〔三〕 伏羲氏以龍紀官，統天下。

行香子·宛丘遺址景區

古宛丘爲太昊都城，《爾雅》曰：「陳有宛丘。」今學界以平糧臺爲宛丘所在地，淮陽縣並於此建博物館。舊《淮陽縣志》載：其高兩丈，大一頃，舊有四門，林木蔚然。

丘卓芳重。獵左筌東。看明霞屬意蕎松[一]。研揉粗耒，鋤採荒蓬[二]。但分田野，開田藝，兆田豐。

連鄉百草，清茶温藥，獻玲瓏甄比菲葑。平沙蒼野，緑意春墉。可待絲生，結絲縷，撫絲桐。

[一] 遺址東臨蔡河，西瀕城湖，林木繁茂，可漁可獵，理想宜居。

[二] 《周易·繫辭下傳》載：神農氏「斲木爲耜，揉木爲耒」，製作農具。《詩·邶風·谷風》：「采葑采菲。」菲、葑：水草和大頭菜。

漁家傲・陳楚故城景區

《史記・五帝本紀》：「帝嚳娶陳鋒氏女，生放勳。」放勳即帝堯陶唐氏，與黄帝姬姓部落聯姻，遷至宛丘一帶。西周封舜後嬀滿爲陳國胡公。後楚頃襄王遷都至此爲陳郢。

蔡水穠花輕緑盎[一]。良丘粉袖甜襟唱[二]。光影徘徊玄鐵忘[三]。荷俛仰。風華代有青毫講。

緩意東門紋脉降。急皴黑液兵戈抗[四]。秉燭聖人流水響[五]。臺釣唱[六]。白頭慣看秋春浪。

[一]《元和郡縣圖志》載：「陳州州城枕蔡水。」

[二]《漢書・匡衡傳》載：「陳夫人好巫，而民淫祀……大姬，無子，好祭

神鬼，鼓舞而祀，故其詩云『坎其擊鼓，宛丘之下，無冬無夏，值其鷺羽。』」

［三］指胡公墓，以鐵錮之。南壇湖水爲屏障，稱爲鐵墓。參見蘇軾《題鐵墓阸臺》「柳湖旁有丘，俗謂之鐵墓，云陳胡公墓也。城壕水注嚙其趾，見其有鐵錮之」。

［四］指劉秀臨蔡城遺址，《河南通志》載：「漢光武帝與王莽相據，築城臨蔡河（今老黑河爲古蔡水），故名臨蔡城。」其址實爲戰國晚期舊城。

［五］即陳國大夫貞子閣舊址，《史記·孔子世家》載「孔子遂至陳，住於司城貞子家」。清建爲陳胡公祠，以司城貞子配享。

［六］故城内有釣魚臺遺址。

清江曲·龍湖濕地公園

龍湖爲國家級濕地公園，有陂有澤，荷艷蒲醲，《詩經·陳風》多有歌頌，最早爲柳湖、南壇湖、北關湖諸小湖，彼此不接，宋元後開始形成連面湖，漸爲環城湖。

上聖東湖夢鐵霜，回瞻雲閣著霓裳。紫竿細柳飛紗練[一]，爭與春堤畫約黃。
連城合力天工讚[二]，催歡雅樂因風轉[三]。喚起菡萏殊意呈，同寫清新百花卷。

[一] 詠龍湖，蘇軾《和子由柳湖久涸忽有水》有「回瞻郡閣遥飛檻，北望檣竿半隱堤」句。

[二] 治理龍湖時，淮陽出動十萬民工清淤。參見《清凌凌的水，藍盈盈的天》（《周口晚報》二〇一二年十二月十八日）。

[三] 張詠《遊趙氏西園》有「翻空雅樂催歡處……淮陽閑殺老尚書」句。

非遺坐標

太昊伏羲祭典

太昊伏羲氏都宛丘，陵寢亦在宛丘。每年農曆二月初二至三月初三爲淮陽太昊陵廟會，此間及每月初一、十五，來太昊陵燒香祭祖之人群，勢如潮湧。

合聚龍人千萬禮
長銘聖祖始元真

泥泥狗

泥泥狗是目前最古老的民間泥塑，傳爲古樂器「塤」的原型，它以膠泥捏成，顏色艷麗，古拙粗獷，造型除狗外，還有人猴合體與燕猴合體者，突出生命力象徵。

德造三音器

靈摶五色龙[一]

[一] 泥泥狗一般均有三個音階孔，傳爲最初樂器之一，與塤同源。參見張群英《淮陽泥泥狗的民族特色與内涵研究》（《藝術教育》二〇〇五年第六期）；彭西春《民間藝術史上的淮陽泥泥狗探析》（《湛江師範學院學報》二〇〇九年第四期）。

擔經挑

擔經挑，又名擔花籃，每班四個女性老齋公，三人擔經挑表演，一人打竹經板，並以説唱伴奏。所挑花籃裝飾各不相同，表演者身著黑衣黑鞋，腰繫黑紗，歌舞深情。

歌舞鳳來玄意遠[一]
擔經龍步至情漣[二]

[一]《扶徠》爲伏羲氏制古樂曲，亦名《鳳來》。參見羅泌《路史》後紀一《太昊》羅注。

[二]擔經挑舞者身著黑衣，舞步徘徊纏環，似龍似蛇。伏羲女媧傳説中爲人首蛇身形象，其女宓妃最早舞此並伴隨説唱。内容參見李傑《祭祖的原始舞

蹈——論淮陽民俗擔花籃》（《舞蹈藝術》一九八七年第十一期）；穆廣科、王麗婭《頌揚人祖伏羲女媧的原始巫舞——擔經挑》（《民間文化》二〇〇〇年第十一期）。

心意六合拳

心意六合拳，又稱守洞塵技，由心生意，由意化爲拳招，以少林五行拳爲基礎發展而成，講求外三合、内三合，動態有模仿龍、虎、馬、猴、鷄、鷂、燕、蛇、熊、鷹等十大形。

洞意藏形觀虎嘯[一]

遨心蓄勢博龍泉[二]

[一] 心意拳十大形即模仿龍、虎、鷹、熊等動作。

[二] 周口三傑之大師尚學禮年過七旬仍在開封擂臺獲龍泉劍一把。參見李國憲《心意拳大師尚學禮二三事》（《武當》二〇〇九年第三期）。

淮陽蓮枝浩

淮陽以丘、臺名，上聖王祖伏羲氏、神農氏均以此爲都，龍湖蓮薰亦爲揚名。東枌十歌，因胡公而名陳，其後文華洋洋如海。實乃中華文明發祥吉地，歷代君王、重臣無不時來拜祀。

菀若丘臺，鴻蒙曠懷，迎秋霞之瑞色，蓄春穎而天涯。清池左汲之莛蕊，重瓣右舞之新佳。看四隅會諧，九部成章；鳥足掣霧，龍形呈祥，雷精入菡，風氏爲王。析明桐而樂發，治彩翼而官行，垂衣裙以育倫，織網結以守常。紫煙合鑄，莫測神皇，河圖對問，無盡蓍芳[二]，海甸寧晏，婚姻禮香。蕃丘野之五穀，播夏冬之收藏；揉粗木以爲耒，擷野蘋以爲漿。黄草漫灑，民之藥湯[二]，葉英相接，民之蠶桑。所以春秋演而舞蹈，霜雪渡而琳瑯，翠盤憐而藕密，艷水敦而紋昌。

轉瞬斗越星翔，龍湖南涓，陶然其器，坎擊其篇，執有鷺羽，洵有情憐。東門枌月婀且娜，陂澤荷雲膠且綿，顧盼而巧目醉，經營而陳公宣。朗煜壇影，風流綉船，金陶鐵劑，鏡水棺眠。莫道一裔沉没，更出百封比肩[三]，袁胡齊尊共奉，葳蕤代續朝廷。

以此經年，麗藻如斯。麗藻如斯，文武何追：絃歌峨峨，釁廟湯湯，高赫美貴何移[四]？馬鞍之弭，梅雲之麾，郢香飛蓬何馳[五]？玉衣之寒，磚閣之偃，雕宮紆鬱何知[六]？洛浦已遠，魚山已西，八斗七步何爲[七]？無由慇懃，言止相知，三國五代，何止秋漪：范翁之穀米曾施[八]；蔣士之矜高餘欺[九]；黄巾之城郭磨旗[一〇]；朱邱之塑畫生祠[一一]。若其慨嘆，延其戀思，四賢精舍，何止春芝：護陳長儒之安綏；憂患文正之忠持；賑糧孝肅之親慈；雲月鵬舉之快詩[一二]。更日武襄登臺，心葉落垂[一三]；開元山茶，明歲紅時[一四]。蘇舫文潛，嬌景輕姿[一五]；端敏方塘，争繁聳奇[一六]；清廉之龍，辛亥階基[一七]。麗藻如斯，今更和頤。陳砂名丘後土熙[一八]，人祖九曲春華韶，千條榛榛之永秀，百世掩掩而無凋[一九]；乾坤初象，文化瓠瓢；臺蓮香溢，蒲蟠菱搖，緑琴聲越，澤婉湖驕。

[一] 指伏羲氏作網罟、正姓氏、定官職、制嫁娶、畫八卦、造琴瑟等功績。

[二] 指平糧臺、五穀臺遺址及神農氏教民種植療疾的功績。古陳地是伏羲氏、女媧氏、神農氏三皇故都。參見周建山、李佳穎《三皇故都考：兼論周口爲「中華始祖神話文化之鄉」》（《周口文物考古研究》，中州古籍出版社，二〇一三）。

〔三〕陳胡公夫婦及鐵墓，龍湖地封國者。鷺羽、鷺翿爲舞女所持道具。見《陳風·宛丘》：「子之湯兮，宛丘之上兮，洵有情兮，而無望兮。」《詩經·陳風》之地即是陳國，參見王少青評析《詩經·陳風》（中華書局，二〇一一）。

〔四〕孔子阸陳事，參見順治《陳州志》：「阸臺在州城外西南隅，世傳爲孔子絶糧處。」

〔五〕馬鞍塚遺址爲楚頃襄王及夫人墓，出土有泥馬泥車、鑲嵌貝殼的梅花形旌旗等。參見《淮陽縣志》卷二十一、張體格《楚頃襄王陵墓考略》（《周口文物考古研究》，中州古籍出版社，二〇〇五）。

〔六〕東漢陳頃王劉崇墓在淮陽北關，爲迄今發現的最大的東漢磚室墓，出土銀縷玉衣及一噸多重的石倉樓等。參見《淮陽縣志》卷二十一。

[七] 道光《東阿縣志》載：曹植「每登魚山，有終焉之志」。

[八] 范丹寺遺址傳爲孔子阨陳時借糧處，范丹實爲東漢人。

[九] 蔣臺遺址爲一大塚，左旁一小丘（並小碑），人傳爲蔣干墓。

[一〇] 磨旗店遺址，又稱黄巢寨，爲其與秦宗權合兵數十萬，挖長壕五週百道，圍陳三百日之處。傳説古代兩軍會師前均以「磨旗」爲號聯絡。

[一一] 朱邱寺遺址上原有朱邱寺，《新五代史·趙犨傳》載：「梁太祖入陳州，犨兄弟迎謁馬首甚恭。然犨陰……爲太祖立生祠。」

[一二] 四賢祠供奉漢汲長儒，宋范文正公、岳忠武王、包公。參見光緒《淮寧縣志》卷八。

[一三] 淮陽有宋武襄公狄青墓，在柳湖濱。梳洗臺見上文。參見光緒《淮寧縣志》卷十一。

［一四］蘇子由官居淮陽，嘗攜子瞻去開元寺看山茶，數年不開，每以爲恨。參見蘇氏兄弟詩文互答。陳州舊有孝肅包公祠，爲其放糧地。參見光緒《淮寧縣志》卷八。

［一五］張耒，字文潛，蘇門四學士之一，著有《宛丘集》等。

［一六］袁端敏公祠及祠中有大約半畝方塘，内以太湖石壘小山，塘南有聳翠亭，舊爲文人學士吟詠勝地。參見光緒《淮寧縣志》卷十。

［一七］李之龍曾以英語教員身份作掩護在陳州四中（今淮陽中學）從事革命活動，後被害於廣州紅花崗，其革命活動舊址在縣城東清廉街。

［一八］《爾雅·釋丘》：「天下有名丘五，其三在河南……陳有宛丘。」

［一九］指太昊陵九曲橋和剪枝公園。

淮陽以丘臺名上聖王祖伏羲氏神農氏
均以此爲都龍湖蓮薰亦爲揚名東杼十
歌因胡公而名陳其後文華洋洋如海實
乃中華文明發祥吉地歷代君王重臣無
不時来拜祀
淮陽蓮枝浩
菀若丘臺鴻蒙曠懷迎秋霞之瑞色蓄春
穎而天涯清池左汲之蓮蕊重瓣右舞之
新佳看四隅會諧九部成章鳥足掣霧龍
形呈祥雷精入菡風氏爲王析明桐而樂

婉曲迴丘峰青林翠色濃高秋雲霞別萬里菓香溶鳥醉如其象梵音醒世鐘諸行遊之返玉女若何唯

須城八景之高丘積翠

高丘遺址纏綿河故道自西南繞行而東北魏書地形志載南頓郡有高陽丘傳顓頊高陽氏曾居此

項城

西周初稱項子國，漢初置項縣，南北朝宋時易名項城縣，一九九三年十二月經國務院批准撤縣設市。項城歷史上名人輩出，如「建安七子」之一的應瑒，中華民國首任大總統袁世凱，著名物理學家袁家騮，著名收藏家、詩詞家張伯駒等。袁寨古民居（袁氏舊居、袁氏行宫）、南頓故城現爲全國重點文物保護單位。

八景新咏

高丘聳翠

高寺遺址，纏絲河故道自西南繞行而東北。《魏書·地形志》載：「南頓郡有高陽丘。」傳顓頊高陽氏曾居此。

婉曲望丘峰，青林翠色濃[一]。高秋雲露别，數里菓香溶。
鳥醉如其葉，梵音醒世鐘。郊行游忘返，玉女若何踪[二]。

[一] 高寺，俗稱高邱寺，《項城縣志》載：傳黄帝之孫顓頊擇居於此，高陽氏建顓頊之國，又稱高陽丘。

[二] 高寺有明代古柿樹，枝葉繁茂，當地稱爲「玉女仙柿」，舊時每到秋來結菓，紅如彤雲，鳥競争食，爲一景觀。

蓮溪毓香

蓮溪書院在秣陵鎮，清乾隆時在虹陽書院舊址創立，萬曆間虹河有瑞蓮之兆，一莖兩朵，因名蓮溪。

虹伸瑞氣藏，修德老城芳。桃李春秋擷，桐鬆散賦揚。
槐花穿柳葉，粉藕出荷塘。卷册時開合，天然沁腑腸。

糧閣曉鐘

南頓城内大邸閣，不知何時建，三國因王基拒毋丘儉之戰事而名，清乾隆初猶存。

禾穀保堅城，紋鐘大邸鳴。音開收早霧，韻振廣鮮明。
秘閣書舟水，王孫曉沃瀛[一]。三春風雨澤，再報緑原青。

[一] 大邸閣故事見《三國志·王基傳》：基以爲軍宜速進南頓，南頓有大邸閣，計足軍士四十日糧，保堅城，因積穀，此平賊之要也。儉等亦往争，聞基先到，復還保項。基知其勢分，進兵逼項，儉衆遂敗。王朗稱讚王基爲「宿衛之臣，秘閣之吏」。嘉慶《陳州府志》卷一、宣統《項城縣志》卷五亦有記載。

德勝夕照

德勝城，縣西秣陵鎮楊集後高營村，唐晉王李克用戰勝黃巢軍，謂「以德取勝」，築城留念。

黃巾飛虎奪，殄寇有神兵[一]**。夕照流金佈，歌揚感德徵。**

蒼槐蓮動曲，綠蟻色描觥。置飲鄉談醉，朝來遠野榮。

[一] 李克用，沙陀部人，唐末將領，驍勇善戰，人稱「飛虎子」。其子李存勖建立後唐。參見《新五代史》卷四。秣陵鎮，《金史》名殄寇。參見宣統《項城縣志》卷五。

柳鎮春暉

柳鎮前有溪，兩旁古道垂楊，清人詩曰：「閑花時掩映，幽鳥乍行藏。」又，舊有石橋，建築精美。

柔光何感慨，織秀與林屏。滿目芳華染，開懷翠莽馨。
明波空石渡，發藻繪蕓庭。夢和南淮拍，悠悠麗曲銘。

北湖秋色

舊項城志載：城東北有菱角湖、鄭湖、閘子湖、梁湖、宿湖、馬家湖等，水冲而成，煙波連綿。

幽萍獨自新，共採角菱淳。静霧寒波色，迴風亂槳身。
竹舟昏尚淺，金鐵拍圍巡。堤柳重來約，飄零更惹人。

澂水環流

澂河，連接沙潁，流經項城，舊時河上有橋，共十四座，每遊人争渡，扁舟浮島，夾岸集芳。

谷中秋水静，春過夏瀾長。十四斑紋拙，連延皦皓芳。
龍川雲一抹，澂畔曲多揚。極目騁懷抱，無由感鬢霜。

浮坡映煙[一]

舊志載：城東北有清净陂、洪家陂、金家陂、老牛愁陂、王家橋陂等，可遊玩。今借景名寫毛塚之孝德。

浮雲斜日落，厚贍玉華生[二]。㸑下漣漣灼，窑中眷眷呈。垂髫扶或倚，耳順樂爲行。曲岸新風緑，煙坡總潤縈。

[一] 項城孫店有商代毛塚遺址，傳説毛姓子爲父親及週鄉老人建窑，助活六十歲以上之人，人稱孝子塚。雖二景不在一處，感意而作。宣統《項城縣志》卷十亦載「城西北毛塚有古塚一」。

[二] 玉華指至爲精美之玉。

行香子·高寺文化旅遊景區

高陽丘，自高陽氏居住、大禹氏慶功後，愈顯靈秀，其上高邱寺香火旺盛，且週遍塚林、寺觀，不知起始何代。詩人多有吟詠，歌舞伴遊，樂自在心。

光煜高桐。川麗行宮。憶丘臺、歌讚由衷。禹王治水，樂舞如風[一]。看鄉雲裏，承雲曳，舜雲虹[二]。

建安文質[三]，梵宮筆墨，伴蒼臺、新穎叢叢[四]。蓮華頂首，禮記舒容。有定煙催，寒煙止，彩煙融。

[一] 傳黃帝之孫顓頊擇居此地，號高陽氏，都城在此丘。又傳禹治水有功，擇高

丘禮臺慶功，故名。

〔二〕傳高陽氏有「承雲」曲。參見《吕氏春秋》卷五。今項城博物館存有張伯駒「爲故鄉」書「地屬魏吴分兩翼，鄉因舜羽號重瞳」句。傳舜之名「重華」指眼睛是雙瞳仁，也有説是彩虹音誤。

〔三〕指應氏家族。應瑒著有《文質論》。又：項城稱爲詩鄉。

〔四〕高邱上原有寺觀多處，後曾作學院講書。應氏及高邱寺記載見多部項城縣志中。

漁家傲·南頓故城景區

南頓故城在今項城西，頓國爲陳所迫南遷處，城外有周、漢墓葬。舊《項城縣志》載：其城，楚令尹子文所築，後漢世祖父欽嘗爲此縣令，故號南頓君。

鹿苑三官東嶽供。濟源南頓荆湘攏。舟楫對眠蒼野夢。飛影動。晨鐘無覓孤琴弄[一]。

赤裔瞻星臺若捧[二]。殘垣寄望金仙聳[三]。免賦之年相告衆。殷勤踵[四]。芳城更秀青川蓊。

[一] 傳南頓故城内外有寺院鹿苑寺、濟源寺、五源廟、東嶽廟、光武廟、蕭公廟、石佛寺、三官廟、鐵佛寺、娘娘廟、火神廟和内外清真寺等七十二所，今僅見名於縣志，而建築所存無幾。

〔二〕指南頓故城瞻星臺遺址。劉秀傳爲紫微星。

〔三〕民間傳説：南頓東北有太白金星幫助劉秀一夜建起的「鬼修城」。而「鬼修城」實爲楚人助南頓國所建之城址。此處暫從趣談而作。

〔四〕光武登基後巡幸南頓，大宴地方官吏，免賦税兩年。百姓爲紀念此事，在「鬼修城」北百米處築光武臺，臺上建光武廟。參見宣統《項城縣志》卷五。

破陣子·袁寨文化景區

袁保恒《母德録》記：爲抵禦捻軍，袁家「年十五歲以上能執兵者，咸使登陴」。舊袁寨東寨門上書「衆志成城」，西寨門有「同登仁壽」，院堡森嚴，並有民衆入居。

苅麥傳家不語[一]，修河滌志如鴻[二]。兼武濟文騮駿越，追古撫今爽愷風。竹青摇映濃[三]。

詩拯九天哀苦，誰和梅子虆蟲[四]。大澤中原鳴鹿逐，小站强兵辛亥逢。江村問潛龍[五]。

[一] 袁母郭氏教子甚嚴，親操井臼，典釵珥延名師。參見宣統《項城縣志》卷二十六。傳袁甲三中進士，報喜人來，郭氏正在地裏砍麥茬，自此袁家每年全族婦女均須砍一筐麥茬，以示不忘。

[二] 袁寨修有三道護城河。

[三] 袁氏故居後院，現仍竹林繁茂。

[四] 袁世凱十九歲《懷古》詩有「飛下九天拯鴻哀」。袁世凱在漳洹養病時心猶在仕，詩有「老梅晴雪不知寒，年來了却和羹事」及「日暮浮雲君莫問，願聞强飯似初不」句。其中「梅」，即《尚書·説命下》曰：「若作和羹，爾惟鹽梅。」比喻大臣輔助君主綜理國政。「飯」即「廉頗老矣，尚能飯否」典。

[五] 袁世凱詩有「漳洹猶覺淺，何處問江村」句和「大澤龍方蟄，中原鹿正肥」句。清末，袁實施小站練兵，積纍軍事力量。辛亥革命時，袁從洹上村回到京城，再得重用，第二年便逼清廷頒佈退位詔書。後即做了大總統。參見李宗一《袁世凱傳》（中華書局，一九八〇）。

破陣子・項城市博物館

項城市博物館以袁氏行宫爲址，鳥瞰爲一「富」字，存有岳飛書諸葛亮《出師表》雙鉤所刻石碑，爲南宋時岳飛南下，路經南陽武侯祠所書墨本，題跋明確。

富字重垣久立，文珍展館欣揚。三十功名塵土墨，廿二鞠躬盡瘁章[一]。雨花留鶴望[二]。

《平復》詩仙老筆，惟因赤子衷腸。一卷《游春》叢碧獻，百兩黄金四合房。山高共水長[三]。

[一] 項城市博物館重要文物之一即岳飛書《出師表》石碑，爲清末南陽鎮守使田作霖刻，共二十二塊。該館還存有鄧石如手跡刻石「海爲龍世界，天是鶴家鄉」。

[二] 袁世凱《懷古》詩有：「我今獨上雨花臺，萬古英雄付劫灰……飛下九天拯鴻哀。」

[三] 張伯駒，字叢碧，書房名「叢碧山房」，與袁克文被稱爲項城二公子。展子虔《遊春圖》爲其力阻未流失海外之國寶，後獻給故宮博物院。張氏還捐獻有陸機《平復帖》、李白《上陽臺帖》、唐伯虎《三美圖》等。《遊春圖》當時要價爲二十根金條，約五百兩，張伯駒以自己所住原李蓮英宅院出售籌款。參見殷曉章《「民國四公子」張伯駒傳奇》（《檔案天地》二〇一二年第一期）。又：《上陽臺帖》文曰：「山高水長，物象千萬，非有老筆，清壯何窮。」

非遺坐標

官會響鑼

官會響鑼，以鑼爲樂器，也是主要道具，邊敲邊舞，並用鑼組成各種造型，達到「似與不似，不似亦似」之藝術境界。自乾隆年間爲皇帝首創並表演後，廣泛流傳民間。

疊韻金鑼堪發聵
摶雲細絹亦追風

回民秧歌

回民秧歌，韻律悠揚，充滿異域情調。傳唐朝郭子儀帶三千回兵平亂，後駐扎南頓，爲安頓軍心，便號召全體軍士唱歌跳舞，地方遂安。回民秧歌因此始創。

一隊銅鈴鈴傘看[一]
同心響鼓鼓歌隨

[一] 回民秧歌，由十一人組成一隊，領隊一人持串鈴和傘燈指揮表演，八名主演各持鑼鼓。參見拜存星《河南「回民秧歌」》（《中國穆斯林》二〇〇二年第六期）、《南頓：回民秧歌扭動新時尚》（項城縣人民政府網http://www.xiangcheng.gov.cn/article/2013/0319/article_ 17987.html）。

籌音樂

籌音樂多伴隨寺、觀慶典，約産生於北魏。籌樂器古樸稀有，屬中國吹管器之祖源。其斜吹演奏，七孔調聲，音質文雅清新，風格多樣，曲式古意盎然。

躊躇處即心無極[一]
簫笛間分意若斜[二]

[一] 籌爲古老宗教樂器。傳《道德經》「天地之間，其猶橐籥乎」中的「籥」即其樂器來源。

[二] 吹奏籌時須右斜約四十五度角，稱爲「斜吹」。籌之外形、音色均介於笛、簫之間，兼有二者特點。以上參見尼樹仁《中州佛教特有樂器：籌的溯源》（《鄭州大學學報》一九九三年第二期）、劉正國《笛乎籌乎籥乎：爲賈湖遺址出土的骨質斜吹樂管考名》（《音樂研究》一九九六年第三期）。

項城肘閣

項城肘閣，起源於北宋，最早用於求雨，清乾隆年間逐漸發展爲集音樂、舞蹈、戲劇、雜技爲一體的綜合表演藝術形式，以腰背綁、頂小演員共同舞蹈爲特色。

古舞誠真如雨露
中原藝美頂奇觀

余家雜技

項城市老城鎮稱爲雜技之鄉，以余氏家族「越野雜技馬戲團」最具代表性。今余家兄妹投資建有雜技學校，廣泛培養專業人才，發揚雜技藝術。

百藝春秋開技藝[一]

老城學校譽連城

[一] 雜技百戲等最早始於春秋戰國。余家雜技現傳承人爲余帥。

汝陽劉毛筆

項城孫店汝陽劉村爲毛筆之鄉，秦大將蒙恬之文書劉寅開汝陽劉製筆先河。村內清朝古槐，爲劉嵩山於嘉慶年間手植；爲光大本地製筆業，重修始祖蒙恬廟。

走兔無心蒙氏巧[一]

文書著意管城殷[二]

[一] 指傳説蒙恬受野兔啓發造毛筆。

[二] 蒙恬軍中文書劉寅卸甲歸鄉，將毛筆發揚光大。管城爲蒙恬封地，「管城子」爲毛筆代稱。現傳承人爲劉好勤。參見《項城汝陽劉毛筆榮膺「中華老字號」》（項城縣人民政府網http://www.xiangcheng.gov.cn/article/2011/0321/article_12002.html）。

滄海一瞬

項城孔武剛

項國初在沈丘，南頓望楚而湮，項林移此而豐。巔項古王留迹，中興漢帝披征，更有霸王舉鼎、端公拒捻之族，東西馳騁，跨越古今。文應高，武項袁，修學安道，溶溶老城。

因周始脉之水，與子共盟之講。躊躇舉目，鄰駕倚之楚港；寤寐沉荷，孤舟遺之明蚌[一]。柔懷何之項？勁旅何已征？同悲乎秋雲下，别都而野壁輕[二]。雖起兮湖廊之麗，難醉於鋏劍之纓！子禽絃歌，教化風鳴[三]。秦王振奮，鹽鐵均衡。曾爲扼腕之高士，息於荷鋤之田耕[四]。旗轉馭而不問，移殄寇而揚賡。留槐葉之媸媸[五]，聽滄浪之清清。楚章猶若，項築溯縈。三户必鑒之誓，烏騅必決之盟[六]。漫遊採擷之穠瓣，亞父亭臺之鬱薌。玉斗頻示，沛公未驚〔七〕。高祖之舒意氣，隱逸之澹功名。西東相諧之爛漫，古今同沾之晶瑩。無悲無喜，但作日月之行；亦蹈亦歌，爲有紋華之吏。垣墻依稀，縣邑發明。赤符之和天下，飲馬之通海瀛〔八〕。鑒決之力，洋灑之卿。進士延四代，尚書傳忠貞〔九〕。

風雲如掠，再眺長欄。汩水依蓮而東傾，新泉循潁而南籠。文王之魯山歌出，澱頓之巷陌情動〔一〇〕。七子之建安風神，弟兄之詩賦德孔。宦學之賢才廉潔，傳家之翰藻林總〔一一〕。秦邱語漚而夜悚，忘綢繆兮細雨〔一二〕；繼長頒令而自治，啓八州兮懸鼓〔一三〕。孝肅魏集之智謀，爲幫糧兮濟苦〔一四〕；王家河渡之義舉，守寒刃兮猛虎〔一五〕。沃野翠屏，作濃淡炊煙樂府；湯聰雪智，有多少公卿文武！

源泉分江之洄泝，公路登城之遠望〔一六〕。向北向南，壯志而大鈞集香；忽朝忽野，從心而元模本方〔一七〕。小站練兵之法，洹池思聖之堂〔一八〕。大澤飛拯之韻，蓮花律呂之鄉。修竹之逸園樂〔一九〕，叢碧之庚寅章〔二〇〕。梅閣之菱湖軒〔二一〕，竹臣之桂林藏［二二］。青天與太和同擴［二三］，蠢子與精解共揚［二四］。若鹿苑之微妙，悟杏松之勁剛。步川虹之珠玉［二五］，擷綠草之芬芳。曲曲映目，蕩胸慨慷。

［一］項子國，爲周王分封的子爵國。春秋時魯僖公十六年冬，魯公與齊侯、宋公、陳侯、衛侯、鄭伯、許男、曹伯等會於淮。十七年夏，魯國趁淮會未歸之機滅掉項子國。自此僅存項地名。魯昭公十一年，楚國先後滅掉蔡侯國、頓子國，兼併項地。項地自此歸楚國。參見宣統《項城縣志》卷二、卷五。

［二］楚頃襄王時，將楚都由郢徙於陳，以項爲別都。參見宣統《項城縣志》卷五。

［三］陳亢，字子禽，鳴琴治理，被宋真宗封爲南頓侯。參見宣統《項城縣志》卷二十二。

[四] 秦王統一中國，取消項城治。

[五] 項城舊縣城在槐坊店。明太祖洪武初，南頓縣廢除，改南頓縣城爲商水縣城，南頓縣境域歸屬項城縣。明宣宗宣德三年（一四二八），因「黄河氾漲，舊項城郭、民廬沖没殆盡」，縣城由槐坊店遷徙至秣陵鎮。參見宣統《項城縣志》卷二。

[六] 《史記·項羽本紀》載：項氏世世爲楚將，封於項，故姓項氏。項燕被秦將王翦逼殺，子項梁、項梁侄項羽均名將。

[七] 西漢范增，隱於項城范亭集，傳其居處府舍花園、亭臺樓閣頗爲壯觀。

[八] 即劉秀飲馬井、光武廟等。劉秀父曾爲南頓縣令。參見前注。

[九] 明英宗正統七年進士項忠，曾任大理寺卿、刑部尚書，其子項經、孫項錫、曾孫項治元，四代皆進士。參見《明史》卷一七八、《天下項氏根項城》，項城縣人民政府網http://www.xiangcheng.gov.cn/

article/2007/0423/article_388.html。

［一〇］應氏祖先最早爲周文王第四子，被封於應國，後世以國爲姓，其中一支沿潁水向東南至古頓國，今項城市南頓鎮上頭村即其鄉。《史記·周本紀》：「周君之秦客謂周曰：『公不若譽秦王之孝，因以應爲太后養地，秦王必喜，是公有秦交。』」《集解》徐廣曰：「《地理志》云『應』，今潁川父城縣應鄉是也。」又，《郡望百家姓》載：「應氏望出汝南郡。」

［一一］應瑒爲「建安七子」之一。曾祖父應順，字華仲，爲官清廉。祖父應奉，字世叔，官至司隸校尉。弟應璩，字休璉，亦以文才稱。《後漢書》載：應氏先人「有應嫗者，生四子而寡。見神光照社，試探之，乃得黄金。自是諸子宦學，並有才名，至瑒七世通顯。」參見宣統《項城縣志》卷二十三。

［一二］苻堅淝水之戰將兵南侵，駐軍於項城（今沈丘縣城槐店），以壽春爲前陣。

今存秦邱遺址。參見《晉書》卷一一三。

［一三］李崇，字繼長，南頓人，爲北魏高祖、世宗、肅宗三朝元老，歷治八州。各州縣懸鼓自治，即從李崇始。參見《北史》卷四十三。

［一四］傳包拯在項城魏集曾巧令財主胡某出糧濟民，今地名「幫糧集」即源於此。

［一五］王明，北宋項城人，爲抗金英雄。今谷河南岸地名王明口，即其當年擺渡處。參見宣統《項城縣志》卷五。

［一六］袁紹、袁術後代遷至江蘇，明初遷回項城。傳舊縣東南有袁術所築公路城。參見嘉慶《陳州府志》卷一。

［一七］《大鈞元模》爲袁世凱册頁，民國名人多爲題詞，封面自題字「不文不武，忽朝忽野；今已老大，壯志何如？」參見袁宏哲《我所珍藏的〈大鈞元模〉》，項城縣人民政府網http://www.xiangcheng. gov.cn/ysk/2007/0417/article_11.html。

[一八] 袁世凱以小站練兵改變封建軍制，使部隊戰鬥力大爲提高。袁曾作聯句「大澤龍方蟄」，其隱居地洹水，傳爲商相伊尹隱居地。參見前注。

[一九] 張伯駒之父張錦芳，著有《修竹齋引玉詠》詩集。「逸園老人」閆竹軒，著有《逸園老人詩選》。今項城有蓮花詩社。參見《重瞳鄉里詩人多》項城縣人民政府網http://www.xiangcheng. gov.cn/article/2007/1107/article_2166.html。

[二〇] 張伯駒，字叢碧，爲「民國四公子」之一，著有《秋碧集》等，組織過庚寅詩社。參見李人鳳《張伯駒詩鐘》（《閱讀與寫作》一九九九年第一期）。

[二一] 高芳雲，字梅閣，爲高氏十三世玉麟公女、高釗中姑母，長詩作，精書法。其子安稚，字晏如，别號菱湖、得所軒主，詩文亦豐。參見宣統《項城縣志》卷二十六。

［二二］高釗中，號竹臣，光緒時在京任翰林侍讀學士。書法有「桂林黄河」聯爲故宫博物院收藏。參見宣統《項城縣志》卷二十二。

［二三］高贊善，字襄廷，光緒時任太和縣知縣、亳州知府，民謂高青天。參見宣統《項城縣志》卷二十三。

［二四］清朝名醫龍之章，字繪堂，原太康人，後遷居項城，所著《蠢子醫》將古醫書《沈括良方》之五難，一語破解爲治病「有把握有提綱」。項城舊有華佗寺、華佗塚。

［二五］鹿苑寺，位於南頓鎮東崔街北側，梁武帝蕭衍創建。舊有銀杏爲護，青松漫坡。參見宣統《項城縣志》卷十。

乾溪脈脈流幾度到陳州待
寫相思曲新備重甲樓月明空
翠濕駒過暗香浮萬絮長川漲
霞飛示老舟

商水八景之章華流光

舊縣誌載章華臺在城北二里許
傳為楚王遷都後所建又清志云章
華臺在商容縣此蓋小章華

商水

秦始置陽城縣，隋朝時因境内有溵水而置溵水縣。北宋改溵水爲商水至今。秦末農民起義領袖陳勝，戰國初期律法始祖曹丘生，東漢末年袁紹、袁術等歷史名人皆出自商水。商水壽聖寺塔、鄧城葉氏莊園現爲全國重點文物保護單位。

八景新咏

章華流光

舊縣志載：章華臺，在城北二里許，傳爲楚王遷都後所建。又，清志云：章華臺在華容縣，此蓋「小章華」。

乾溪脉脉流，幾度到陳州[一]。待寫相思曲，新修重甲樓。
月明空翠濕，駒過暗香浮。若粲長川泳，霞飛不老舟。

[一]《夢溪筆談》：「如楚章華臺，亳州城父鎮，陳州商水縣，荆州江陵、長林、監利縣皆有之。乾溪亦有數處，商水縣章華之側，亦有乾溪。」又：商水章華臺爲楚頃襄王被秦逼迫遷都於陳，爲拒秦軍所建戰事臺。參見商水縣人民政府網http://www.shangshui. gov.cn/2009/0827/ 1784.html。

荒城夕照

縣城西有楚懷王墓，高塚如山。《史記》載：懷王外信張儀，内惑鄭袖，任用子蘭，排斥屈原，爲秦所執，葬於此。

村煙摇楚袖，丘上似霜重。草樹斜陽折，神鴉故里踪。
滄浪西面嘆，明察武關烽。若解榆楊子，朝朝厚炭冬[一]。

[一] 指楚懷王「雪中送炭」的故事。

白帝清風

白帝臺，在縣治西北三十里，相傳即漢高帝斬白蛇處，至今四季風常清涼，登游頗可娛目。

三尺開元劍，如今白帝風[一]。雲歌秦漢拍，海内故鄉鴻。

坐飲康王酒，登聞壯士夢。清音飛竹振，遥看四方桐。

［一］《漢書·高帝紀》記劉邦曰：「吾以布衣，提三尺劍取天下。」

烏溝夜月

烏溝河，傳光武嘗夜尋馬至此，迷不識路，俄而天大明朗如月光然，土人立廟祀之，謂之曰「失馬廟」。

雲半月多情，風吹照馬鳴[一]。烏溝相轉寄，掌葉共高擎。
日落煙藏面，霞來霧没聲。惟因光武説，明曜緑連城。

[一] 清陳大琳《題烏溝詩》有「雲静月偏多」句。參見民國《商水縣志》。

焦寨晴煙

焦寨寺，在縣治西南五十里，宋將焦贊屯兵處，林木蓊鬱，雖天氣晴明，常如煙雲繚繞，莫測其究竟。

歇鋤遮影看，焦寺牧童眠。束甲耕田陌，偎鳴綴柳煙。
桃林牛馬息，書策草糧先。叠繞青羅裏，楊門弩箭傳。

溵渡秋遊

舊志載：縣治東門外石橋處即古溵水，若於秋月鼓棹中流，荷香襲裾，沙鷗翔集，爽氣迎人，極清曠雅致。

佳人兮獨坐，彩渡更醲香。夜漫空橋石，蓮猶在薄裳。
月華生寤寐，飛鳥對梳妝。孰以盈懷抱，乘風萬裏浪[一]。

[一] 李白《行路難》有「長風破浪會有時，直掛雲帆濟滄海」句。《宋書·宗慤傳》：「慤年少時，炳問其志，慤曰：『願乘長風破萬里浪。』」

梧桐栖鳳[一]

舊縣志載：鳳凰臺在城内十字街，漢黄霸爲潁川守，仁政寬厚，職遷不改，傳有鳳栖於此。

水過故原西，芳林綉鳥嗁。郊香風暖稻，邑潤雨呈霓。
舊巷天華潔，高臺露檻低。和鳴喬木雅，爲有鳳來栖。

[一] 黄霸，字公次，淮陽陽夏人。《漢書·循吏傳》載「潁川太守霸」，「養視鰥寡，贍助貧窮，吏民向於教化，興於行誼，可謂賢人君子矣」。

銀杏蟠龍

城南東嶽廟有銀杏一株，枯幹不朽，不知何時所植，傳明太祖北征，駐蹕樹下[一]，足迹深寸許。

遒枝千百出，綱結若龍蟠。老樹留東嶽，風紋琢巨冠。雲携多少露，葉轉幾重巒。何事身煎灼，公孫莫隱瞞[二]。

[一] 駐蹕，參見嘉慶《陳州府志》卷一「駐蹕亭」。

[二] 銀杏，别名公孫樹。

文化産業

漁家傲・頓國故城景區

頓國故城，在平店鄉李崗村，正方形，面積二十五萬平方米，城墻外有壕溝護繞，古溵水經城北向東南流過。其國，南遷至項；其城，西漢時，屬郡内博陽縣。

一水遥聞周雅頌[一]。紋陶綉瓦桑林夢[二]。辯日纔休芻犬動[三]。兵連踵。雲飛物逝樂家痛[四]。

白塔騰煙如崆峒。青龍養氣争豪勇[五]。千載殷殷新穎衆。柔懷寵。明霞和煦歌聲擁。

[一]《史記・楚世家》：「二十年，楚滅頓。」《集解》：《地理志》曰：「汝南南頓縣，故頓子國。」《正義》：《括地志》云：「陳州南頓縣，故頓

子國。應劭云古頓子國，姬姓也，逼於陳，後南徙，故曰南頓也。」又：清人顧棟高《春秋大事年表》：「頓國本在縣（今商水縣）北三十里，頓子迫於陳，南奔楚，自頓南徙，故曰南頓。」《左傳·昭公二十八年》載：「昔武王克商，光有天下，其兄弟之國者十有五人，姬姓之國者四十人。」頓國爲西周分封的姬姓子爵國。參見周建山《古頓國考》（《周口文物考古研究》，中州古籍出版社，二〇〇五）。

[二] 頓國故城出土有圜底罐、雲紋瓦等陶器。參見周建山《古頓國考》（《周口文物考古研究》，中州古籍出版社，二〇〇五）。

[三] 指孔子由陳至蔡，途經頓國（今商水縣固墻鎮），在此遇到兩兒辯日。參見《列子》、民國《商水縣志》。

[四] 指頓國故城在王莽時期稱樂家。

[五] 指頓國故城東白塔寺遺址。袁世凱家族稱「青龍舒氣，白虎閉關，乾坤合運，締造天然」，闢爲墓地，並種松柏七百株。參見《項城縣志》。

漁家傲·陽城故城景區

陽城遺址，在今舒莊鄉扶蘇村。另有鄅郢舊城、𡕈城舊城等遺址，三城一處。秦置陽城爲縣。當地流傳有陳勝擴城、范蠡隱居、秦太子扶蘇和大將蒙恬塚等説。

代有東家傾國望[一]。施朱著粉争毛匠。臺廟鏡湖花寀釀。舟歇槳。蓮邀西子波輕漾[二]。

隱遁陶朱飛鳥想[三]。扶蘇蒙將寒丘幢[四]。共築金鑾同莫忘[五]。風雲蕩。鏗然大武真英壯[六]。

[一] 指宋玉《登徒子好色賦》中「惑陽城，迷下蔡」的東家子。

[二] 傳説白寺鎮廟臺遺址即范蠡與西施隱居處。該地舊時湖泊相連，蘆草茂盛。又：史傳范蠡隱居有陶地、太湖等，此處不爲考據，僅依本縣傳説作文。

[三] 范蠡曾云：「飛鳥盡，良弓藏」（《史記・越王勾踐世家》），並以此爲由隱跡。

[四] 縣境内有扶蘇塚和蒙恬塚，乾隆《商水縣志》載扶蘇塚云：「按《史記》秦始皇使太子扶蘇監蒙恬築長城，及二世立，賜死葬於此」，去扶蘇塚六十步爲蒙恬塚，「墓門深邃，涼氣逼人」。

[五] 陳勝稱王，建立張楚政權，擴建陽城並改名爲扶蘇。《太平寰宇記》載扶蘇城：「《史記》云：陳涉起兵，自稱公子扶蘇，從人望也。蓋涉築此城。」《史記・陳涉世家》載陳勝少時曰：「苟富貴，毋相忘。」

[六] 指陽城故城附近大武鄉李莊革命烈士陵園。

清平樂・葉氏莊園景區

葉氏家族，勤儉爲本，耕讀傳家，亦儒亦農亦商，恤村民，重教育，家族興盛後，設四而堂私塾、平民小學，抗戰時莊園并爲七區聯師、七區聯中校址。

西臨龍勝[一]。東面懷中杏[二]。一院三重琳琅景[三]。坐看雲舒霞醒。

簡樸爲哺家鄉。好粥同與人嘗[四]。曾汲沙河水渡[五]，徐徐連岸春芳。

[一] 鄧城西有龍勝溝，傳説古代有天龍在鎮内沙河水路擱淺，百姓禱告三天而救龍。

[二] 鄧城東許村有傳漢時白菓樹，幹圍八米，葉蒼枝虬，主幹南腰中長出一枝大樹幹，當地人稱「懷中抱子」、「白菓大仙」。

[三] 葉氏莊園，始建於清康熙年間，同治七年（一八六八）告竣，歷時一個多世

紀，耗銀百餘萬兩。莊園主體建築一宅三院，一院三節，每院樓房六十九間。

〔四〕葉氏「崇儉樸」，莊園不事奢侈裝飾，但於施粥賑民，毫不吝惜。

〔五〕葉氏以沙河埠口經營起家。參見《中原小故宫——葉氏莊園》，商水縣人民政府網http://www.shangshui.gov.cn/2009/0705/306.html。

清江曲・溵川森林公園

「史記陽城」、「清秀溵川」、「休閑商水」爲商水縣名片。溵川森林公園，是商水近期致力開發的休閑勝地，緊密結合本地溵水淵源，倡導生態文化生活。

史記陽城曉月清。溵川何處不晶瑩。載文載道長瀾美，野泊香濃晚唱聲。

林偏未必心馳遠。深松日午涼芬滿。綠葉織錦樹攏溪，忽有盈盈曲飛轉。

非遺坐標

聖門蓮花拳

聖門蓮花拳，又名聖門十字蓮花拳，傳爲崑侖老祖所創，距今已有兩三千年歷史，變化延伸精妙深奧，其心訣源自佛、儒、道心法，武術套路源自太極八卦。

蓮聚精神香未滅
聖開妙像意長圓

鄧城葉氏豬蹄製作技藝

鄧城豬蹄爽口不膩「三不沾」：即不沾手、不沾唇、不沾牙。傳三國鄧艾駐紮本地，軍中厨師善作此味。至清中期，葉氏家族整合出鹵製秘方，香飄益遠。

三軍有序寅申令
五味調中酉亥香

楊家正骨療法

中醫正骨療法，是傳統中醫的重要組成部分，通過提、按、推、拿等手法，調節氣脉，疏通經絡，外癒皮膚，内達臟腑，是結合五行學説，減少病患痛苦的一種治療方法。

一身百骨行順理
十代同心展宏圖[一]

[一] 此非遺項目今已傳至第十代。

漁鼓道情

漁鼓道情，亦稱仙戲、梆梆筒子，盛行於清，是民間流傳説唱形式之一，曲調通俗，内容多爲道義教化，口傳身授，無唱本，故今傳人稀微。

載道籃條三合曲[一]

傳情説唱百年聲

[一] 漁鼓道情源於道教樂歌，唱腔多用宫調，至今已有百年歷史。演奏用籃條爲三尺三寸長竹筒。現商水傳人僅杜三合。參見豫文《百年漁鼓道情僅剩傳人兩個》（《中國文化報》「非遺版」二〇一〇年五月四日）

商水溵波 酤

商水古爲汝水溵川，嘉紋流佈，婉曲回旋，桃葉夭夭，桑林陌陌，春秋無捲沙飛塵，庭院有綠蔬清芬。柔水潺潺，亦出慷慨壯士，張楚起，光武興，邱生焦寨，文賢武良。似若新開方融，萬波爭獻榮英。

夏藻秋瀾共偕，服車安靖同祥。周蔭頓澤枝越，溵川明曜瑞長。方正之圍仍在，筒雲之瓦若藏[一]。彌坡重霧，小溪曾對章華望，禦外驂昂；輕炭密林，垣壁曾著絨雪妝，夢中滄浪[二]。聖人遊路於禮，童子稚心於陽。陶公遁逸於湖，翠鳥比飛於塘[三]。春秋如躍，絃瑟宮商；抗衡若秦，鐵鋏鏗鏘。渠溝仍猶，蘇後失嬰而涸，沙冽岸殤[四]；筆祖仍猶，太子掩袖而沒，策寒丘涼[五]。東顧好女，描畫減增之美，卷册銘芳[六]；陛前好事，雌黄丞相之籍，鄉鄰何殃[七]。司工版築，吏民城襄；幟杆畫角，楚漢弩張[八]；大律分卷，邱臺是剛[九]；青龍似潛，白蟒偶傷。沙追風起，築歌三尺劍光；林隱暮遮，朗月赤符驄行[一〇]。山趧濤息，湖上五色鞭韁；杏蒼菓墜，井畔生脉飲湯[一一]。

明經太守堂，舉廣陵之緑蟻[一二]；躊躇袁氏謀，揮旗纛而河北。驚心官渡夜，共建安之洛水；注目壽春苑，捨陽侯而王侈[一三]。空廊孤影，時淹速而人忽彼；修武著文，梅沁凝而學方始。孝行桑梓，玄兔靈芝芬[一四]；無礙才辯，鎮倉智慧勛[一五]。濟濟風華，眷戀慈坤；聖書爲示，商浦合殷[一六]。宋香古廟[一七]，焦寨煙雲[一八]。駐蹕鴨掌，清暉傘紋[一九]。梵音繽紛，寺麗龍宿之坡；無爲露電，塔鳴六方之螺[二〇]。共語碧草逍逸，丹霞熾多。軍民情摯，川脉祥和[二一]。

集古遠：一百震英之上德，十八學士之文閣，教諭耕讀其語，訢容哺育其荷[二二]。萬年無疆兮永壽，正月初吉兮嫁歌[二三]。良臺、大邵之土，河灣、宋莊之波[二四]。廣緑化[二五]：灌區引水而聲峨，汾河連閘而曲濃[二六]。膠壩迴行之芳綉，雷坡走馬之植豐。彩鱗時蕤，香繞花逢。於此徜兮徉兮，遠近和衝。紅鷗拂渡，荃蓀聯松。湛哉溵川，舞蹈融雍。

〔一〕商水古爲周武王分封的姬姓子國頓國。又：聃季被西周成王封於沈，舊跨商水境東隅，春秋時蔡昭侯滅沈國，商水縣境西部屬蔡國，東部仍屬頓國。參見周建山《古頓國考》（《周口文物考古研究》，中州古籍出版社，二〇〇五）。

〔二〕舊志載：城西有楚懷王墓和章華臺。

〔三〕孔子在頓國遇到兩小兒辯日。舊縣志載：范臺在縣西南，越大夫范蠡與西子泛舟隱跡即此。

〔四〕棄兒溝在縣西三十里，相傳東周景王后蘇氏被讒而走，生兒棄於此。參見民國《商水縣志》。

［五］舊志載：公子扶蘇墓及蒙恬墓在縣西南，極爲冷冽。參見民國《商水縣志》。

［六］宋玉賦有「東家之子」句。宋玉故里有郢、鄢、郢中等説，宋玉墓有湖北宜城（同治《宜城縣志》）、湖南安福（同治《安福縣志》）、河南泌陽（《太平寰宇記》）等説；宋玉作品創作地亦有淮陽、臨澧等説。此處不做考據，因《登徒子好色賦》中「惑陽城、迷下蔡」句，寫本縣之地。至於賦中「楚國之麗者莫若臣里」，時楚國已遷都陳郢，是頃襄王之「麗」（前二七八年楚頃襄王都陳郢，宋玉約二十歲）。同賦中秦國章華大夫「少曾遠遊……從容於鄭衛溱洧之間」，溱洧亦經今周口。陽城，《漢書·地理志》第八載：「汝南郡……縣三十七，平輿、陽安、陽城，侯國，莽曰新安。」

［七］《史記·李斯列傳》載，趙高爲誣李斯，説「楚寇陳勝等皆丞相傍縣之子」。《史記·陳涉世家》載：「陳勝者，陽城人也，字涉。」

〔八〕陳勝築扶蘇城，出土瓦當上有「扶蘇司工」字樣。參見楊峰《陳勝生地陽城考辨》（《周口文物考古研究》，中州古籍出版社，二〇〇五）。

〔九〕商水曹河有邱生塚，旁有水溝名青龍溝，曹邱生著有《大律書》兩卷。傳劉邦在邱生墓前修臺蓋廟。參見民國《商水縣志》。

〔一〇〕指劉邦白帝臺與劉秀烏溝月夜處。

〔一一〕劉方平村在沙河南岸，原爲陂地，後變湖澤，最早叫「山趕湖」。當地傳説王莽趕劉秀時，劉秀用鞭攔路趕走大山而成湖。並鄧城有漢代白菓樹和劉秀飲馬臺。

〔一二〕袁良，袁安祖父，西漢時舉明經，平帝時任廣陵太守，傳爲袁老鄉袁老村人，自後袁氏在漢朝多有建樹。

〔一三〕袁紹，字本初，袁成之子，靈帝時官至佐軍校尉，靈帝死後，起兵討董卓，公元二〇〇年在官渡爲曹操所敗。袁逢，字周陽。袁術，字公路，靈帝時官至中郎將，封陽翟侯，建安二年（一九七）稱帝於壽春，窮奢極侈，糧盡衆散。參見《後漢書·袁術傳》。

【一四】邑人張景昭純孝，爲母護墓，感動至旁玄兔穴生出赤芝。參見民國《商水縣志》。

【一五】三國時，司馬文王屯兵今商水張莊鄉城上村討逆，鍾繇次子鍾會在軍幕中運籌。戰後，鄧艾、鍾會二人留在當地屯兵，鄧艾駐今商水縣鄧城，鍾會駐今商水縣舒莊鄉扶蘇寺村，亦稱爲鍾鎮倉。參見民國《商水縣志》。鍾會「精練有才辯」（《晉書·嵇康傳》）。

【一六】商水在漢代稱汝陽，以汝水爲名，隋代改爲溵水，宋太祖趙匡胤爲避父趙弘殷之諱改爲商水。參見《商水縣志》第一章。

【一七】指商水千年古剎宋廟。

【一八】指焦守節於焦寨屯兵。

［一九］ 指明太祖駐蹕銀杏樹處。

［二〇］ 白塔寺建於宋朝，袁世凱家族稱爲「宿龍之原」。並宋壽聖寺塔，與古鎮逍遥隔河相望，爲九級樓閣式磚塔，平面呈正六邊形。參見商水縣人民政府網http://www.shangshui.gov.cn/ssgl/lszc/。

［二一］ 一九四七年八月，晋冀魯豫野戰軍解放商水縣城。十月二十三日，陳粟大軍再次解放商水縣城。

［二二］ 葉氏葉奉先，曾任遂平縣教諭。葉氏莊園木雕精美，原有「百龍競翔圖」、「十八學士朝瀛洲」等。參見盛夏《葉氏莊園三百年盛衰系列報道》（《大河報》「厚重河南欄目」二〇一二年一月）。

［二三］ 練集鄉楊塚遺址出土四件「原仲」簠，飾有捲曲獸紋和變體鳥獸紋，内裏銘文爲「惟正月初吉丁亥，原仲作滄仲媯嫁媵簠，用祈眉壽萬年無疆永壽用之」，考證爲古頓國文物。參見秦永軍《商水縣出土的周代青銅器》（《周

口文物考古研究》，中州古籍出版社，二〇〇五）。

［二四］指商水良臺寺、乾溪臺、河灣、胡莊、大邵、宋王莊等處新石器文化遺址。

［二五］商水縣是全國平原高標準綠化試點縣、全省高級綠化達標縣，林業生産爲其優勢産業。參見《商水縣志》第八章。

［二六］近年來商水建造沙河大路李橡膠壩灌區、沙河馬門灌區、汾河周莊閘灌區、汾河雷坡閘灌區等四大引水補源區，以緩解地下水資源緊缺的狀況。參見《商水縣志》第六章。

商水古爲汝水瀔川嘉紋流佈婉曲迴旋
桃葉夭夭柔林陌陌春秋無捲沙飛塵庭
院有綠蔬清芬柔水瀑瀑亦出慷慨壯士
張楚起光武興邱生焦寨文賢武良似若
新開方融萬波爭獻榮英
商水瀔波釀
夏藻秋瀾共偕服車安靖同祥周蔭頓澤
枝越瀔川明曜瑞長方正之園仍在筒雲
之瓦若藏彌坡重霧小溪曾對章華望衡
外驂昂輊炭窑林垣辟曾著絨雪妝夢中

三丘幻彩隆暖意駐城中黃水存
堤岸晴天幻翠紅初蒙優卷儔
相恍治親融樂有諧笙播電慈
九壤同

西華八景之媧壇曉煙

傳縣城北爲女媧煉石處 春秋時築有
女媧城壇頂煙霞盤繞殊爲可觀此處
原有三座高丘宛若屏障

西華

地處黄泛區腹地，漢代置縣，歷稱西華、長平、箕城、鴻溝等，唐代復名西華至今。相傳這裏爲媧皇故都，女媧城遺址現爲河南省文物保護單位。杜崗會師紀念碑爲青少年愛國主義教育基地。黄泛區農場、國家計委五七幹校舊址等坐落在境内。

八景新咏

媧城曉煙

傳縣城北爲女媧煉石處，春秋時築有女媧城，城頂煙霞盤繞，殊爲可觀。此處原有三座高丘，宛若屏障。

三丘幻彩隆，暖意駐城中[一]。黄水存堤岸，晴天紉翠紅。
初蒙優養鑄，相悦治親融。樂有諧笙播，雲慈九壤同。

[一] 媧城此景原有三處高丘，常年青煙昇騰，傳説女媧氏以神力而建，爲城内居民禦擋嚴寒。城邊女媧墓未被黄泛之水浸淹。

疇亭夕照

箕子衍疇之亭，明中葉始築於城西北隅澤，臺水互映，其色動人，今建有箕子讀書臺景區。

象箸解杯涼，忠心嘆世狂[一]。峰山宮麥隔，隅座筆疇將。
石友玄霞照，清音絳渚光。明夷留我好，深淺舞琴行[二]。

[一] 箕子見紂王進餐必用象箸，嘆曰：「彼爲象箸，必爲玉杯。爲杯則必思遠方珍怪之物而御之矣。輿馬宮室之漸自此始，不可振也。」遂佯狂隱居箕山。紂王聞知，囚在「箕子臺」。相傳箕子在此讀書並著「洪範九疇」。

[二] 《易經》「明夷」卦《彖》曰：「明入地中，明夷。内文明而外柔順，以蒙大難，文王以之。利艱貞，晦其明也。内難而能正其志，箕子以之。」

古寨祥光[一]

盤古寨及陵墓，舊長五里餘，廟會有十餘萬人，歷代帝王登基均來此祭拜。有龍山文化石斧及宋代盤古寨磚額。

陰陽九變充，陸合醒微風。海蓄山明朗，林伸道達通。
斧開元瑞兆，煙落帝王崇。五里雲瀾叠，三千錦綉隆。

[一] 盤古開地闢天，陽清爲天，陰濁爲地，盤古在其間，一日九變，神於天，聖於地。天日高一丈，地日厚一丈，盤古日長一丈，如此萬八千歲。參見《藝文類聚》卷一。

梁苑秋波

梁孝王曾爲淮陽王，築東苑，方三百餘里，廣睢陽城七十里，大治宮殿。傳東苑即今梁王湖。

春秋聚客城，枚馬上林名[一]。萬乘雲幡過，七賢歌詠行[二]。
灎波因淥水，虬結入蒼榮[三]。珮隱高亭歇，廊空素女昇。

[一] 梁王廣才多金，王四十餘城，珠寶玉器多於京師，司馬相如、枚乘等都曾爲梁王門客。司馬相如有《子虛賦》《上林賦》等。梁苑，嘉慶《歸德府志》載：「在商丘縣東，一名兔園，亦名修竹園。」清歸德、陳州爲鄰。

[二] 梁王平定七王之亂拒劉濞有大功。參見《漢書》卷四十七、卷五十七。

[三] 李白《梁園醉酒歌》中引阮籍寫大梁蓬池的句子「淥水揚洪波」。參見《李太白全集》卷七。榮，《說文解字》：桐木也。

箕臺書韻

讀書臺在學宮後，臺上爲書院，桃芬李馥，書聲與鐘聲相應，韻致清幽。舊因此臺，西華一名箕城。

對野青紗薄，穠桃艷李新。晦明開爽氣，舒卷化周仁。
玉泮風翩集，玄鐘雅篆循。嗟嗟歌拍去，正直道長遵[一]。

[一] 箕子隱居時作歌，有「嗟嗟紂爲無道，嗟重複嗟」等句。後在《洪範》中提出「王道正直」説，「皇建其有極」即建立典範。典範即「王道」：遵王之道、遵王之路、遵王之義。參見《尚書·洪範》《箕子操》（《樂府詩集》卷五十七）。

仙洞靈湫

仙洞前有清泉，水泓可掬，常年不涸，傳爲葛洪仙翁卧處，於冬雪嚴寒睡卧許久，仍大汗不止。

仙翁真自在，玉屑做輕裘[一]。定裏飄摶躍，懷中抱樸柔。

函方行陌蔣，紋藻若珍饈[二]。粲焕洪溪擷，清芬上善遊。

[一] 玉屑，雪花之别稱。白居易詩《春雪》有「大似落鵝毛，密如飄玉屑」句。

[二] 葛洪於醫學著有《玉函方》《肘後救卒方》等；《抱朴子·雜應》：「其《救卒》三卷，皆單行徑易，約而易驗，籬陌之間，顧眄皆藥。」於文藝提出「文重於質」。

鐵樹留春

商高宗武丁陵旁有鐵樹，不知何代所植，虬枝盤旋，青色盎然，歷經年代，亦無損减。

遠近禾苗作，文華版築逢[一]。虬枝剛勝鐵，翠葉緑挪松。
萬畝商城爵，中師數載冬。好風收眼底，長嘯助春墉。

[一] 傅説發明的版築術。參見《史記正義》卷三。

叢丘映月

叢丘有古坊，常於陰晦之夜獨有光明燭地，圓如杯盤，乃石坊所現之光，行人遇之，多徘徊其間。

霧著山丘遠，思深野徑藏。緘書蟾鏡出，落泪敝園方。
雪策迷新望，斕牌照予將。歸來年更少，若素是家鄉。

行香子·女媧故城景區

《讀史方輿紀要》載：媧城在西華縣西，女媧所都也。今縣城北聶堆鎮思都崗村春秋時期女媧城遺址，已經認定。之後圍繞此地和女媧古陵重建有媧皇宮等，古樸典雅。

霜雪匏空。貫地簧通。造人間靈德之風[一]。娑婆花影，讚嘆情衷。便齊婚約，姻婚置，偶婚宗。

慈生萬物，仁開丘野，照乾坤河秀山葱。高擎鰲足，下引濤洪[二]。看汝州出，神州定，九州同。

［一］曹植遊歷思都崗，有「古之國君，造簧作笙。禮物未就，軒轅纂成。或云二皇，人首蛇形。神化七十，何德之靈」詩句。又《世本》：「女媧作笙簧。笙，生也，象物貫地而生，以匏爲之，其中空而受簧也」；「天皇奉娣媧於汝水之陽」。天皇即指伏羲氏。《風俗通義》：「女媧禱神祠，祈而爲女媒，因置昏姻。」

［二］《說文解字》：「媧，古之神聖女，化萬物者也。」《淮南子·覽冥訓》：「女媧煉五色石以補蒼天，斷鰲足以立四極，殺黑龍以濟冀州，積蘆灰以止淫水。」

行香子·商王高宗陵景區

商王高宗武丁陵，舊時佔地五頃四十畝，旁有商王高宗廟，歷代皇帝爲慎終追遠，擇二月二日派重臣前來祭祀，週邊百姓皆來，後二月自然起會，爲皇陵會習俗。

天下和風。商道爲隆。告邊鄉方族來中。飛馳南北，築邑西東。似洹河影，黄河羽，海河鴻[一]。

清凉古寺，昇星賢相[二]，伴雲旂千里如龍。丸丸松柏，匿跡蝗蟲。作寢山青，景山越，遠山融。

[一] 商高宗武丁平定多個民族，使國土大增，並親率兵民滅蝗，《詩經·商頌》中《玄鳥》《殷武》均爲其頌。内容參見劉剛《「武丁中興」的原因初探》；程俊英、蔣見元《詩經注析》（中華書局，一九九一）。

［三］後段莊村南清涼寺，傳爲高宗撲蝗休憩納涼之所，後人建寺紀念。嘉慶《陳州府志》卷二十五載：高宗陵「廣兩千步，高百尺」，旁兩座小塚傳爲丞相傅説、甘盤墓，今無存。《莊子集釋》卷三云：傅説相武丁之後，「乘東維、騎箕尾而比於列星」。

破陣子·杜崗會師紀念館

杜崗會師紀念碑，位於紅花鎮賈魯河杜崗大橋東，佔地十五畝，中有三棱形大理石紀念碑，象徵當年三支革命武裝力量成功會師，紅色碑頂喻抗日星火永燃。

决絶花園巨浪，親和豫皖紅鄉。三部會師新竹曉，游擊如神擾敵忙[一]。保家好武裝。

賊寇僞番驅蕩，八年百戰流芳[二]。賈魯聲聲碑石讚，永記星星火種揚。東昇麗水長。

[一] 一九三八年六月，蔣介石下令在花園口掘開黄河大堤，豫東、皖北淪爲澤國。十月十一日，彭雪楓、張震率領的新四軍游擊支隊、蕭望東率領的抗日先遣大隊和吴芝圃率領的豫東游擊第三支隊，在西華縣杜崗村勝利會

師，統一整編爲「新四軍遊擊支隊」，向豫東敵後挺進。杜崗被稱爲「小竹溝」。

[二] 杜崗會師新四軍遊擊支隊逐步發展成爲新四軍第四師，在八年抗戰中消滅日僞軍六萬餘人。内容參見一九九三年版《西華縣志》、《杜崗會師紀實》（河南人民出版社，一九九三）。

臨江仙·城隍廟景區

西華城隍廟，始建於戰國，明重建，原建築群規模宏大，現存清代前殿一座，爲捲棚檐頭置彩繪木雕，工藝精湛，豫東少有。至今廟内祀拜如織，香煙繚繞。

穿珠經擔知誰巧，清流叠韻連綿。彩雲曲影迍回灣[一]。小舟城外，香草美崑山。更聚北廳青秀望，高腔鼓動琴絃[二]。行人四月粉嬌顔[三]。桃花若見，萬畝送紅胭[四]。

[一] 西華各廟會貫穿有深厚女媧文化，經挑、經歌、腰鼓、花棍、穿珠、扇舞等均爲女性團隊表演。參見張翠玲《西華女媧城廟會調查報告》（《民俗研究》一九九六年第三期）。

[二] 城隍神即古水墉神，護城河環繞城垣。西華城隍廟毗鄰箕子讀書臺，城外有崑山女媧宫。

[三] 古代每年農曆四月一日爲城隍出巡日，其塑像將巡至北關城隍廟出巡廳，當天有大戲，會期一天。以上參見侯滿昌、黄玉方《西華民間廟會調查》（《周口人文》二〇〇九年第三期）。

[四] 黄橋鄉萬畝桃花爲西華新的代表性景區。嘉慶《陳州府志》載：西華東北三里山子嶺多桃，仲春之際爛若紅霞。

非遺坐標

逍遥胡辣湯製作技藝

明嘉靖年間，朝臣得「高僧助壽延年方」獻上，以燒湯飲之，名曰「御湯」。後御厨趙紀途經逍遥，見沙潁逶迤、寨堡堅固，便留居於此。皇宫養生方遂成本地特産。

通竅開懷胡辣飲

合流潤土小陶呈[一]

[一] 逍遥鎮，初名小陶，因沙、潁河傍鎮而過，又名合流鎮。參見一九九三年版《西華縣志》。

西華笙簧二夾絃

二夾絃，又名兩夾弦，由民間綜合紡棉小調、花鼓丁香、大五音和四股絃等演變形成。唱腔上板腔、曲牌結合，真嗓吐字，假嗓送腔。樂器有四絃、笙簧等，特色濃鬱。

對戲夾絃王樂響[一]
縴車並嗓聖簧傳[二]

[一] 傳王老成二夾絃戲班，民國十五年（一九二六）在潘崗村與梆子等五臺戲對棚，二夾絃獲勝。

[二] 二夾絃唱腔有模仿紡車音色的真假音效果，西漢揚雄《方言》中記：紡車爲「縴車」、「道軌」。西華縣藝術學校（西華笙簧二夾絃傳習所）已入選河南省第四批非遺文化傳習所名録。

滄海一瞬

西華神恩洪

西華祇舉媧皇氏、商高宗，便不遜淮陽陳風，更有盤古神寨日生祥煙，黃河南北少有。開天闢地，分清析濁，俯卧神州看蒼萌。又教化人倫，擇訂婚姻，安居和融，征戰佈澤，任用賢能，體恤民生，文武常因此處。

青林共碧水，山蜿共榮齊。混沌而盤祥之變，九州而華彩之西。風雲因之起伏，天地爲之昏黎。元君居之木崗，斧斫出之岩堤。漢唐春秋，有宋額題。寨中霧醒[一]，丘外煙迷。樂養其老而幼安育，合遵其禮而明夫妻。暖意之運任呵護，慈心之陶冶扶携。隨感之笙簧作曲，靖波之萃穎摇溪。皇殿長存瑞蔭，龍湖時遺鳴鸝[二]。發蒙知生母且父，破昧擔舞河且涯。五色之煙未遠，四極之柱未斜。猛獸恐又復起，洪湯恐少攔遮。漣漣兮追宓女，涣涣兮歸人家〔三〕。

圍鹿城之聳芳草，栗陸寨之險渠沙。載神聖之足履，厚山川之騮驊。呦呦爲和，峨峨咸嘉〔四〕。民來聚而事耕織，禾遞豐而行蹕車。方族邑連之景，少歇丘傍之霞。清涼亭座，黄緑桑麻〔五〕。修俗佈澤，古潁今葩。瀾洄更轉，雅韻無邪。演疇之臺映蒼石，學問之院飛桃花。麥携田野，水伴蒹葭〔六〕。東觀槐柯之夢潛，西看榆樹之雨斜。後來司馬，望夏爲鄰〔七〕。宜主而迎，獵狩而賓。空磚曾記，子母情真〔八〕。長平武侯之鹿角，段莊紋鏡之月輪。鍛鑄劍戟〔九〕，昭明暮晨〔一〇〕。春秋已渡之蹉跎，南北出香之甘醇。太傅鄧將，雙開柳屯〔一一〕。博聞孝廉之教授，小說話本之樑津。潁門芳草〔一二〕，殷史管筠〔一三〕。俱往兮陶鈞，悠悠兮德坤。

猛獁巨象，吟沉語敦。與清潭而共醉，遊塵世而無奔〔一四〕。妙有跳脱之忘，静有龍泉之幡〔一五〕。並駐丁蘭之刻，同延孝義之恩〔一六〕。箕城永秀兮知源起〔一七〕，田口美棗兮念褐根。逍遥之湯經御賜，仙藥之濟泳和風。泥土老店兮驚變化，飛虎正氣兮鎮門東[一八]。界臺之音無分別[一九]，賈魯之脉已相融。桃鄉萬畝潤，煙閬千年葱[二〇]。若華至德，明川柔風。瑶華琨玉，古尊今崇。紋華争漫，一雨七虹。

[一八]《水經注》：「有東，故言西矣。」即東華、西華，起於華氏。盤古寨遺址位於東夏鎮木崗寺村，古稱盤古寨，有盤古墓崗和百畝寺院，傳開天闢地始祖神盤古葬於此地。西距女媧城十公里，東距伏羲太昊陵三十公里。現存宋代盤古寨城門匾額磚雕。參見一九九三年版《西華縣志》、張勁松《湮没在泥土下的盤古寨》（《周口晚報》二〇一二年七月十日）。

[一九]崑山有女媧宮，並春秋女媧城遺址，香火殊盛。女媧補天治水，發明簧笙。《太平寰宇記》卷十：「縣西二十里，舊傳女媧之都，本名媧城。」

[二〇]指女媧之女宓神教民報恩而挑經尋母，古今皆以舞花籃紀念之。參見張翠玲《西華女媧城廟會調查報告》（《民俗研究》一九九六年第三期）。

〔四〕陸城爲栗陸氏故都，栗陸爲女媧之後古帝。參見《周易正義·繫辭下》。舊志載：西華至商時築城養鹿，又名鹿城。明末修寨時，因鹿陸諧音而復名陸城。陸城原建有土寨，四面崖壁陡峭，週有壕溝，遺址文物自新石器時代至商周延續不斷。參見《河南省文物志》第二章。

〔五〕商高宗武丁平定多個族群後，傳説返途中曾在西華驅蝗。高宗妻婦好，文武皆强，軍功頻立。參見《殷墟婦好墓》（文物出版社，一九八九）。

〔六〕箕子讀書臺及疇亭書院在城西北百畝湖面中，臺身方形，青石鋪就。

〔七〕春秋時，陳國司馬夏御叔，字少西，封邑於縣城西十五公里處，地名西夏亭。榆樹王漢墓，在西夏亭鄉榆樹王村，面積約十二萬平方米。

〔八〕東斉柯古墓群，在縣西三公里處，爲春秋戰國至漢代墓葬，漢代子母磚、空心磚俯拾皆是，其漢代畫像磚爲豫東地區罕見，有「車馬出行狩獵」畫像磚和「宜主亭長」銘文磚等。

［九］舊志載：長平故城，「戰國魏地，漢置縣，屬汝南郡，武帝封衛青爲長平侯」。該城址出土有鹿角、鐵劍等。

［一〇］後段莊遺址在縣西四十五公里處，發現有漢代墓葬，出土有昭明鏡一枚，光亮如初，銘文爲「内而清而昭明光而像天日月心而不一」。

［一一］柳城遺址，三國魏太傅司馬懿準備伐吴，大將軍鄧艾建議陳蔡土地肥沃可屯兵籌穀，太傅讚許並命柳舒爲陂長。今縣城西南南柳城、北柳城皆爲柳舒屯墾遺址。隋文帝開皇元年（五八一）曾改西華爲柳城。

［一二］東漢潁容，字子嚴，陳國長平（即今西華）人，「博學多通，善《春秋左氏》，師事太尉楊賜。郡舉孝廉，州辟，公交車徵，皆不就，著《春秋左氏條例》五萬餘言」。參見《後漢書》卷七十九。

［一三］殷芸，南朝陳郡長平人，始以「小説」作書名，内容以時代爲次序，首列帝王之事，繼以周漢，終於南齊。性倜儻而不妄交遊，博覽群書，官至昭明太

子侍讀、司徒左長史。參見一九九三年版《西華縣志》。

［一四］西華縣文管所館藏有兩根猛獁象牙化石（一殘一全），距今約三百萬年，長四米多，根徑五十厘米，全象骨架在今水下，體積龐大。參見張志華《周口文物縱横談》（《周口文物考古研究》，中州古籍出版社，二〇〇五）。

［一五］龍泉寺始建於漢代，明清重修，寺前原有古潭，泉水終年不涸。

［一六］西華營鄉有二十四孝丁蘭刻木之遺址孝義寺。嘉慶《陳州志》載有丁蘭臺。

［一七］永秀園位於縣城箕城南路，爲仿江南園林特色的水景小遊園。

［一八］指逍遥鎮田口棗園。胡辣湯傳爲宮中御膳廚師以少林寺「醒酒湯」和武當山「消食茶」二方爲基礎做出，舒脾健身。逍遥鎮東門舊有東王廟，廟會極爲熱鬧。又，殷周大將黃飛虎傳爲東嶽大帝，百姓亦稱東王。

［一九］指仰韶、商代文化遺存泥土店遺址和界臺寺遺址。

［二〇］指西華黃橋桃花節和萬畝桃園。

霧鎖煙丘色更存禾象紋南風
回蕉蹈洄月對懸勤禮聖君泉泉
睿憑欄味佳芬桐言思永引
結外瀑流雲

扶溝八景之桐丘宿霧

桐丘又名天井陵 霧煙山 秀分嵩岳
煙雲繚繞 洄水北環 春秋時因地在長
崗上而名桐丘城

扶溝

古稱桐丘，西漢置縣，因境内東有扶亭、西有洧水溝各取一字而得名。北宋著名理學家程顥曾任扶溝知縣，所創大程書院沿傳至今。這裏還是抗日名將吉鴻昌故里，吕潭學校舊址（含吉鴻昌故居）爲全國重點文物保護單位。吉鴻昌將軍紀念館坐落於扶溝縣城。

八景新咏

桐丘宿霧

桐丘，又名天井陵、霧煙山，秀分嵩岳，煙雲縹緲，雙洎北環。春秋時，因城在長崗上，而名桐丘城。

霧鎖煙丘色，車存示象紋[一]。南風回舞蹈，洎月對殷懃。

禮聖尋泉睿，憑欄味語芬[二]。桐旁思妙引，絃外瀑流雲。

[一] 傳阪泉之戰即在此地。上古時期，炎帝與黄帝在霧煙山大戰蚩尤，蚩尤張口噴出煙霧不散，黄帝發明指南車，使兵衆在濃霧中辨識方向，方反敗爲勝。又：阪泉之戰地點有五説，今從河南扶溝説而作。

〔三〕傳老子傳道行至扶溝，聽説百姓全賴雨水活命，便停留講經多日。一天，山上突現泉水，取之不竭，且整山煙霧繚繞，竟日不斷，人稱「天井」。天井陵名稱見酈道元《水經注》卷二十二：「洧水自鄢陵東徑桐丘南，俗謂之天井陵，又曰岡。」

漢井溢泉

廟頭崗有古井，俗稱「扳倒井」，傳光武軍至此，隻井難供汲飲。劉秀扳井傾泉，千軍甘飲不竭。

日夜銜枚久，唇焦肺若㓨。夭喬霜翠落，空曠華門單。
遇井争相汲，扳泉得共餐。山歌留廟崗，四季道清瀾。

潁谷朝霞

潁考叔諫鄭莊公孝母，莊公報周，封爲純孝伯，於潁谷之地立潁大夫廟，歲歲祭祀，稱「純孝廟」。

永錫映泰秋[一]**，長韻谷中猷**[二]**。錦泛彤雲醉，曦清白露酬。**
黃泉公袖濕，純孝睿言浮。厚蓄昭明意，多珍未老洲[三]**。**

[一]《左傳·鄭伯克段於鄢》以「孝子不匱，永錫爾類」（《詩經·大雅·既醉》）稱讚潁考叔之賢德。

[二] 明扶溝人李夢陽曾作《賦大隧》讚純孝廟。

[三] 光緒《扶溝縣志》：潁谷爲「純孝鄉」，「地形如龜。俯瞰諸岡巒，古色斑斕，雲霞與陵谷俱韻」。

雙洎夜月

雙洎河，古名洧水，《詩經·溱洧》所寫古人於上巳日踏青出遊，即此。河水有皎月流光，凌波倒影。

蘭槳遊溱洧，枌影送娑婆。水疊蓮薰厚，情濃月色磨。瀏瀏分緑蟻，渙渙惹凌波[一]。晚約遲花醉，春明本若酡。

[一]《詩經·鄭風·溱洧》：「溱與洧，方渙渙兮……溱與洧，瀏其清矣。」

翠屏春曉

翠屏長崗，左帶賈魯，右襟故城，綿延至西華，雲樹浮空，城垣高聳，今爲縣城一環路。

春入遥山碧，風飛片片花[一]。長屏新瓣逐，重翠小村遮[二]。

捲絮迷空野，群鳴鬧彩霞。連鶯絲竹夢，吹去滿城沙。

[一] 北宋程顥知扶溝作《郊行即事》，有「春入遥山碧四圍」句。

[二] 指長崗，《扶溝縣志》載其左帶賈魯河，右有故城，延至西華。

嵩麓晴雲

嵩麓崗，亦稱「艮嶽」、「泰山」，上有東嶽廟及碧霞元君廟，古松虬柏，蓊鬱如幛，舊在縣城東門。

朝與香雲晝，風臨翠柏清。霞飛東嶽閣，霧接艮山容。
日下多濃淡，城邊更雨晴。郊遊紛沓處，嵩泰可相逢？

雕亭秋水

雕亭，舊時煙水天山空濛一色。《莊子·山木篇》「螳螂捕蟬」傳即得悟此地，雕陵鵲因此亦爲典故。

秋蟬聲震耳，黄鵲偶移身[一]。坐問亭觀水，來思蝶繞人。
金風從令白，山月若俗真。菓綴清塘默，枝空小葉春。

[一]《莊子·山木篇》中：「吾守形而忘身，觀於濁水而迷於清淵。且吾聞諸夫子曰：『入其俗，從其令。』」

程臺霽雪

大程書院内，元建明道先生祠，明又於其讀書舊址修築化民臺，故亦名程臺、扶臺，上建有春風庭。

四野松香勁，春風學子誠[一]。紋臺飛玉霰，寶篆厚金聲。
大夢摶扶隱，謙身禮樂明。飄然何所托，長曲百千星。

[一] 光緒《扶溝縣志》載：程臺「古松環繞，雨雪初霽，有瓊樓玉宇之觀」。

漁家傲·鳳凰崗遺址景區

鳳凰崗遺址，位於固城鄉古城村東北，三面開闊，崗中一條小道蜿蜒，發現有龍山文化時期及商、周和漢代文物等，遺址保存完好。其處古寺有解放軍碑刻。

彩鳳孤飛雲遮遠[一]。千年翠崗梳妝懶。水月春秋[二]天一半[三]。城幾變？曾經小逕風回看。

老柿相留紅意暖[四]。浮金普照法輪轉。古寺清涼碑石斷[五]。人馬偃。狼煙過後丹青焕。

［一］鳳凰崗遺址，遠觀形如鳳凰。

［二］光緒《扶溝縣志》載：固城「週圍環水，其勢甚固」，因而得名。固城城墻傳爲春秋時建。

［三］固城内有天一閣，俗稱天爺閣。

［四］指清涼寺内柿樹茂盛。寺名現更爲道清寺。

［五］寺内有斷碑，上有「清涼寺院唐代建，大殿宏偉實可觀……紀念烈士賀會首，佛光普照佛法轉」等記載。烈士指犧牲在道清寺的解放軍戰士。參見《扶溝縣志》。

臨江仙・支亭寺景區

支亭寺，初名「芝亭寺」，明正德五年改爲「支亭寺」。初北齊張思伯謝官隱居於此，捐資興建，並携二子助民治水。寺院至今千年餘，香火殊盛。

騰挪滔水無停住[一]，龜丘捲碎芝蘭。畫檐剥斷小亭殘[二]。滿懷零落，何處是堤藩[三]。
曲曲若瀠仁智合[四]，悠悠樂居桑田。青條忘數指輕彈。曉風來矣，心問老槐幡[五]。

[一] 指舊時扶溝洎水河時常泛濫。

[二] 北齊國子監博士張思伯於鄢扶龜丘舊址上建起芝亭寺，週皆蘭芝芳草。

[三] 指張思伯爲治水，不顧年邁帶領百姓親挖溝渠。

[四] 指張思伯去世後，其二子繼續幫助百姓治水。支亭寺爲佛道合一的寺院。

[五] 指支亭寺前古槐。

漁家傲·大程書院古建築群

程顥任扶溝知縣時，「爲治專尚寬厚，以教化爲先」，與弟程頤建書院，教授數鄉子弟，後稱大程書院，其創立之久及建築規模、保存完整程度，較爲少見。

贔屓昂揚分題要[一]。風頤院落觀書奥[二]。大比之年争吉兆[三]。須不惱。紅墻緑瓦鶯來早。

天性詩篇傳理教。空同樂府盈懷抱[四]。九百春秋聲朗繞[五]。松未老。清川自古多明道。

[一] 書院存有贔屓碑座。

[二] 指程顥曾親題「書院」二字匾額。

[三] 書院龍門只在大比之年打開，時學子争過，以第一爲吉兆。

[四] 程顥提出「天者理也」和「只心便是天，盡之便知性」（《二程遺書》）等。明代文儒李夢陽爲大程書院學生，著有《樂府古詩》《空同集》等。

[五] 書院至今歷宋、元、明、清、民國等九百多年滄桑。

破陣子・吉鴻昌將軍紀念館景區

吉鴻昌將軍座右銘：公正純潔，爲做事而做官，訓練民衆，使知五權（即立法、司法、行政、考試、監察）運用，爲政注重下層，工作適合百姓需要。

秋草流離家國，睡獅猛醒題聯[一]。開火蘆溝新月曉[二]，刻版紅樓旗幟宣[三]。喝還河與山。

潭水可爲師範，誠心共與洄旋[四]。白璧新瓷純潔事，細語香茶本色官[五]。好風舞這邊。

［一］吉鴻昌，抗日民族英雄，曾在光山縣藏元惠帝所賜雌雄石獅子身上題字「國將不國，爾速醒悟。睡獅猛醒，領導民衆」。今石獅在光山司馬光賓館院內。參見《河南省文物志》。

[二] 一九三七年，吉鴻昌侄子吉星文在盧溝橋打響了抗日戰爭第一槍。又：此處僅參見《河南文史資料》第三十六輯和《七七事變原國民黨將領抗日戰爭親歷記》（中國文史出版社），記爲吉星文二一九團。

[三] 一九三四年，吉鴻昌在天津霞飛路住所組織中國人民反法西斯大同盟，印刷《民族戰旗》作宣傳。同志們稱其住所爲「紅樓」。參見《扶溝縣志》第八編。

[四] 一九二八年，吉鴻昌在呂潭創辦私立中山小學校，後添招三年制師範一班，遂改名爲呂潭中山師範學校。吉氏學校當年有「豫東第一校」之譽。參見《扶溝縣志》第七編。

[五] 吉鴻昌把父親「做官即不許發財」的教誨燒製在細瓷茶碗上，分發給部隊官兵，以作教育。參見《扶溝縣志》第八編。

非遺坐標

何記牛肉製作技藝

崔橋鎮黄牛肉遠近馳名，當時何大掌櫃的牛肉鋪，已發展爲連鎖店面。現傳承人爲何灣。

崔鎮浮香庖藝美
何家治味口碑傳

王氏燒酒製作技藝

燒酒法古已有之，爲蒸餾稻穀經多次沉澱而成，色清如水而香氣濃烈。傳承人爲王書占。

口占常思清露啓

温書樂有玉髓燒

滄海一瞬

扶溝山蔭青

扶溝古稱桐丘，聞名即美。桐爲藝爲禮，鄉俗喜讀誦，樂耕織，勤勵家國，淳善民風。更文有大程，道汲煙山，武看吕潭，攻起阪泉。仁厚寬博，如青山莽原。

雲霽止而昇瑞，阪泉通而瀑珠。共戰神陣，指南之車長驅，炎黄之跡廣隅〔一〕；感生澤潤，青牛之野緑芻，道德之言妙紓〔二〕。紫闕重閣，昇騰漫殊。翠杆勁枝，鱗次霄途。霞光巡井，菁穎化枯〔三〕。明經糾纆，醒世懸壺〔四〕。群巢玄鴉，修真以霧煙爲醍醐；綿雨仙山，南斗以導引爲籥竽〔五〕。纔聽琴音，多少俊儒。故有沙堤桐疏，今仍鳳凰舞儔〔六〕。待看纖羅郢袖，騁揚鄭謳。結隊和鳴之田畔，遠淯新汲之初流[七]。更憶北江白苑，公子椒舟[八]。扶亭惆悵之東約，靈渠綽約之西眸[九]。潁水漢波，垛墻古樓。銅壺銅鼎，塵去塵留。爰金布銀，天春冶秋。石井記事，鑄鈞成周[十]。

重聞兮雕欄之晴柔，黄鵠之落搏，怵好迫惡而舒顔[十一]；芳谷之純孝，寒鴟之逆頑，隧洞黄泉而沾潸[十二]。重叠兮灔波之香滿，祭酒之鶴閑，練寺榮兮魏王艱[十三]；雙洎之忽滂，南旋之北闌，孤垣據兮袁髮斑[十四]。如夢固城，掩遮天爺若關，玉津辰星連灣[十五]；如雲龜崗，怡容芝蘭若攀，空妙霖露連潺[十六]。

巧智煙山，裘袍爲沁；甄家湯藥[十七]，褐衣爲滲。興國院外養心，與溪酌而桂無禁[十八]；鳴臯觀中邀友，忘聯詩而松勸任[十九]。陳皮鐘鼓夜思，對燈籠而白芷浸[二十]；程臺春英暖坐，披秦韻而唐歌枕[二一]。學廟童子共吟，知明倫而觀德亭；東殿聖文長立，孝雙親而睦孤伶[二二]。三孔白橋，曲欄摹龍之象溟[二三]；無樑玄廟，關公偃月之鋒青[二四]。霧山殘碑，原索如屏。寺尊古典，掬採如苓。自然恬漠，潔雅之馨，真人至德，遊刃之形。大字「國魂」，爲書雷霆。民族戰旗[二五]，爲嚮安寧。虹雨新藻，盡染林寨兮遍芳汀；梅橋濃緑[二六]，點綴煙霞兮齊飛翎。

[一] 霧煙山傳爲炎黄阪泉之戰古戰場。炎黄二帝用指南車破掉蚩尤煙陣。

[二] 霧煙山傳爲老子佈道起始地。

[三] 霧煙山有十四座大殿。山中有一天井，傳爲老子至德感化所現。

[四] 糾纆爲事物兩極相互依存，見《鶡冠子》。

[五] 傳真武大帝在霧煙山修道成仙，有烏鴉在他頭上築巢。明李夢陽曾作《創修真武廟碑記》。

[六] 扶溝古稱桐丘，因東有扶亭，西有洧水溝，各取一字，合稱扶溝。西漢高祖十一年（前一九六）始置縣。有鳳凰崗遺址和古城遺址。

[七] 《水經注》載：莊公二十八年，楚伐鄭，鄭人將奔桐丘，即此城也。

〔八〕雍正《河南通志》載：白亭，「楚封太子建之子白公勝於此」。在扶溝縣北江村鄉白亭村。並參見嘉慶《陳州府志》卷一「白亭城」。

〔九〕《嘉慶一統志》載：扶溝西南有「春秋鄭曲洧池」。漢時置新汲縣，屬潁川郡，在今汲下村。

〔一〇〕扶溝古城遺址出土有金銀幣和西漢水井，井内有銅鼎銅壺，其中「郢爰金版」和「銀布幣」爲首次發現，證實先秦已有白金貨幣，將我國使用銀幣的歷史從漢代提前到東周，並將楚國的鑄幣歷史提前到了春秋中期前後。内容參見《扶溝縣志》第七編；李全立《周口市出土金銀器的初步研究》（《周口文物考古研究》，中州古籍出版社，二〇〇五）。

〔一一〕莊子在雕亭觀螳螂黄鵲捕蟬得悟。怵迫，喻計較得失，見《管子》「君子不怵乎好，不迫乎惡」。

〔一二〕光緒《扶溝縣志》載潁考叔廟：南郭前純孝廟，舊志古潁谷也，又名純孝鄉。莊公因故發誓與母不至黃泉不相見，後悔之，潁考叔獻計於地下挖出泉水，在洞中會母全孝。莊公宴潁考叔，其袖羊肉孝母，並以鴟梟食父母事諷諫莊公。

〔一三〕光緒《扶溝縣志》載：洧陽城，清雍正《河南通志》記載「在扶南練寺保，魏時封郭嘉於此」。郭嘉早夭，曹操痛惜無比。練寺集後爲嚴氏聚居，稱爲嚴泰集。

〔一四〕乾隆《續河南通志》載：「扶溝縣城北里許，雙洎河上有古城遺址，相傳爲曹操與袁術相拒築城。」袁術，字公路。

〔一五〕固城遺址有天一閣，俗稱「天爺閣」，傳爲漢獻帝劉協所建。

〔一六〕北齊支亭寺遺址，原名芝亭寺，在龜形高丘上，佛道合一。

〔一七〕扶溝有隋唐名醫甄權墓。參見《扶溝縣志》第七編。

〔一八〕興國禪院爲北宋初年大將曹彬創建，明成化《河南總志》載在扶溝東北義聲堡。清道光皇帝遊覽時御題「興國寺」。

［一九］白鶴觀，又名瑞雲宫，傳宋天聖年間道士王明志於此乘鶴成仙而去，北宋周職方、蘇舜欽、蘇舜元、鄭獬等在此吟詠多篇，時公卿亦多和之。參見光緒《扶溝縣志》。

［二〇］明扶溝籍尚書劉自强喜文，一次陪主考官遊覽扶溝，對方出對：「鐘鼓古鐘陳皮木通」，劉苦思得出下聯：「燈籠龍燈白芷防風」。參見《扶溝縣志》第九編。

［二一］程臺爲大程書院。明前七子之首李夢陽主張「文必秦漢，詩必盛唐」，反對臺閣體，曾作詩《還扶溝》。

［二二］明洪武二十年重建文廟，有明倫堂五間，廟西置射圃、觀德亭。文廟大成殿東北有明弘治十二年春刻立的《太祖高皇帝聖旨》碑，内容安郡治國，分爲孝順父母、尊敬上長、和睦鄉里等六部分，文辭通俗易懂。該碑現藏周

口華威民俗文化博物館。內容參見《扶溝縣志》第七編；王勇《扶溝發現明〈太祖高皇帝聖旨碑〉》（《周口文物考古研究》，中州古籍出版社，二〇〇五）。

[二三] 呂潭鎮中原有一座橫跨賈魯河的三孔石拱橋，據碑文記載，創建於明萬曆年間，以不同形狀的岩石嵌砌而成，渾然一體，三個橋孔皆前有龍頭後有龍尾石雕，兩側石欄上有成對石猴、石獅裝飾。毀於黃水。

[二四] 呂潭鎮舊有無樑廟，面積寬廣，石頭砌成不用樑柱，內塑關羽、關平、周倉像，毀於黃水。

[二五] 吉鴻昌在天津霞飛路住所印刷《民族戰旗》，同志們稱其住所爲「紅樓」。扶溝吉鴻昌將軍紀念館有其手書「國魂」二字。

[二六] 指雁周、林寨、梅橋均有原始文化遺址，又煥發新生機。參見《扶溝縣志》第七編。

扶溝古稱桐丘聞名即美桐爲藝爲禮鄉
俗喜讀誦樂耕織勤勵家國淳善民風更
文有大程道汲煌山武看呂潭攷起阪泉
仁厚寬博如青山莽原
扶溝山蔭青
雲霧止而昇瑞阪泉通而瀑珠共戰神陣
指南之車長驅炎黃之跡廣隅感生澤潤
青牛之野綠蜀道德之言妙紆紫闕重閣
昇騰湯殊翠杆動枝鱗次霄途霞光巡井
菁穎化枯明經糾纏醒世懸壺羣巢玄鴉

歸懷憂五曲汾水更黃河嵬、
揚夏、獵、有窮弋馬縱羈繩
脫禽荒殿宇遏虞孫神聖久嘗
武昭陵阿

太康、景之歌甚流譽
五子王遺址古稱五子基黃水
曾淹沒相傳太康失國其兄弟
五人奉母來此作歌臺上

太康

因夏代太康曾遷都於此而得名。秦始置陽夏縣，隋代改爲太康縣，沿用至今。秦末農民起義領袖吴廣，西漢丞相黄霸，東晋宰相謝安，南朝詩人謝靈運等都是太康人。太康文廟、高賢壽聖寺塔現爲全國重點文物保護單位。太康道情爲國家級非物質文化遺産。

八景新咏

歌臺流響

五子王遺址，古稱五子臺，黄水曾淹没。相傳太康失國，其兄弟五人奉母來此，作歌臺上。

歸懷憂五曲，洛水更黄河。巍巍揚夏葉，獵獵有窮戈。
馬縱羈繩脱，禽荒殿宇過[一]。虞鄉神聖久，睿武照陵阿。

[一]《尚書·五子之歌》：「予臨兆民，懔乎若朽索之馭六馬，爲人上者，奈何不敬？」據《史記·夏本紀》載，夏帝相遺腹子少康在有虞國蓄勢，終趕走篡位的寒浞，中興夏朝。

靈塔晴光

靈光塔，原在太康陵、少康陵西北，明代建，高十餘丈，頂端置一寶瓶，內藏玉佛一尊、舍利數顆。

靈心芥子香，灔曲翠紅飔。神水通三昧，仙瓶納一綱[一]。聚沙成密閣，登岸見明堂[二]。日夜行雲度，丘林掠彩長。

[一] 傳説少康無意中發現米酒，人飲而氣力增加，稱之爲神水。《説文解字·巾部》：「古者少康初作箕帚、秫酒。少康，杜康也。」

[二] 舍利子，又名「堅固子」，《大般若經》載「皆由如是甚深般若波羅蜜多功德所熏修故」而成。波羅蜜，意即「到彼岸、達成」等。

霸壘斜陽

傳楚霸王駐兵於此，後東走垓下，留霸壘舊址。臺高雲樹蒼茫，常有文人雅士登臨遠眺，暢懷今昔。

垂雲西曳影，陽夏野村烘[一]。未必花馨潔，常由綠滿豐。沙湮垓下静，駒過壘旁空。醉飲茫然處，青青草自東。

[一] 太康，秦朝名陽夏。參見《太康縣志》第二篇。傳説虞姬故後化爲虞美人草。

蓮池夜月

古人蓮池詩有「西湖幾曲荷風院」句。池在古縣城西關外，舊時多種蓮藕，爲夏秋賞月之佳境。

澤影送來薰，幽蟾拂落紛[一]。香茶眸子看，橫竹小園聞。

幾曲因誰想，蓮衫擺綉裙。微寒知舊約，更任舞飛勤。

［一］古太康城南門名爲「南薰門」，後改爲「來薰門」。參見《太康縣志》第二篇。

花萼春榮

縣城西北原有花萼臺，並曾建有萼臺寺，繁花群草可觀。相傳爲武后拜謁老子時遊經之所，今已不存。

芳甸合園松，花臺廣智踪[一]。緑雲生上苑，古寺繞烟茸。

發蕊驚天女，抽條謝四墉。三千多物象，早省是春濃。

[一] 傳説武則天根據自身形象建造了盧舍那大佛，舊龍門石窟大佛北側有《龍門山之陽大盧舍那像龕記》碑，刻有皇后「助脂粉錢兩萬貫」等，時武則天尚爲高宗皇后。盧舍那指佛的報身，即爲廣大智慧光明的意思。參見《大方廣佛華嚴經》卷三「盧舍那佛品第二之二」。

過水秋瀾

過河，又名晏城河，古稱過水，從沙河流出入潁河。河道寬窄變化懸殊，水流急緩莫測，草木豐茂。

鷗鷺更飛翔，游沙擷水浪。雲庭風起白，蓼野木摇黄。
跌宕非嘘嘆，奔行潤草糧。蒼桐青竹染，遠渡艷歌將。

長山積翠

縣城東有土地祠，其地名爲長白山，實際無山。每逢春雨時節，烟火萬家，青翠彌漫可觀。

誰同長白執?·福德壘山形。歲月霜霖暖，人家户牖青。
紛紛新雨落，漫漫柳烟聽。渲染神來手，方成此畫屏。

宋岡紅葉

太康有古城，疑爲扶樂故城。城址西北有宋馬崗，蔓延環繞古城，中有道路聯通，並桃花楓樹夾道。

驛路停車馬，桃花笑陟岡。夭夭三兩冠，鬱鬱一横香[一]。
未料金秋疾，相談粉面方。彤烟多叠越，城内好題莊[二]。

[一] 乾隆皇帝《紅葉》詩有「乍看紅葉一枝横」句。

[二] 崔護《題都城南莊》有「人面桃花相映紅」句。又：崔橋宋馬崗今劃入扶溝，爲舊八景名，暫列於此。

行香子·康王二陵景區

夏王太康狩獵十旬不歸，爲東夷后羿拒不得返，遂於戈地築城定居。六世王少康復國，史稱少康中興。今太康、少康陵均在，旁有王陵村，爲守陵人後代繁衍而成。

洛汭淙淙。皇祖聲洪。道民邦、遠狩何從。朽繮懍馭，敬意存胸。嘆何由矣，皆由去，任由風。

經年望夏，少年維隆。看仁懷、淘瀝頑聰。如今長寐，碧草時榮。却語飛雲，歌飛少，少飛鴻。

定風波·謝氏文化園景區

太康縣老塚鎮西謝家堂，現存有謝氏先賢墓及碑等，爲謝氏故里、謝姓祖地。謝氏世族，文儒達士屢見，名人輩出。近年海内外謝姓前來謝家堂村祭祖者絡繹不絕。

欲問才情君幾分[一]。靈心山水謝風神[二]。尤羡穆如風送句。如絮[三]。甘酸嘗作雪中春。

緑野苗桑郎將瘦[四]。豐茂。東山談笑北胡塵[五]。筆墨堪爲戎馬計。鶴唳。淝河草木敵千軍[六]。

[一] 傳説謝靈運謂：「天下有才一石，曹子建獨占八斗，我得一斗，餘者天下共分一斗。」

[二] 謝朓被沈約譽爲「靈心秀口」（《古詩源》卷十二），與山水詩祖謝靈運合稱爲「大小謝」，詩以清新優美見長。李白《陪侍御叔華登樓歌》：「蓬萊

文章建安骨，中間小謝又清發。」

〔三〕謝道韞被譽爲「詠絮才」。其人雅致，曾説：「《詩經》三百篇，莫若《大雅·嵩高篇》云，吉甫作頌，穆如清風。仲山甫詠懷，以慰其心。」參見《晉書》卷九十六。

〔四〕謝纘曾任三國魏典農中郎將，勸民耕種，植樹藝桑。參見《晉書》卷四十九。今太康祖塋即爲其墓。參見太康謝家堂《謝氏族譜》等。

〔五〕謝安四歲便被桓彝讚爲「風神秀徹」。參見《世説新語》劉孝標注。李白有「但用東山謝安石，爲君談笑静胡沙」句，詠謝安談笑間退前秦兵事。

〔六〕謝纘子謝衡，曾任國子監祭酒，講授儒術。後避戰亂而居會稽。參見《晉書》卷四十九。淝水又稱金斗河，古名施水，源出肥西、壽縣之間的將軍嶺。謝石擊敗苻堅、謝玄擊敗苻融之淝水之戰，是著名的以少勝多戰役。「風聲鶴唳，草木皆兵」的典故即出自此。參見《晉書》卷七十九。

臨江仙·太康文廟景區

太康黌學，又稱文廟，歷史建築遠近聞名。坐落城北，始建於明宣德元年，清順康年間均有重修；太康被服聖人遺澤深厚，至今事良育德，渾龐質樸，不爲物役，歌追古風。

原來桃李生黌巷，大成文曲飛檐。月臺彩暈睿龍牽。育才崇德[一]，今日夢斑斕。
百畝杏壇仁禮院，芸香漫與爐烟。徘徊壽聖悟高賢。知春學子[二]，汲井上元甜。

[一] 文廟黌學始建於明朝，大成殿有立體雕龍、牡丹和琉璃裝飾、月臺等，原有「育才」、「崇德」兩座牌坊，今不存。

[二] 壽聖寺塔，又名高賢塔，孔子弟子高柴在此首建書院。週圍舊有大甜井，元宵節民衆來此祭拜高柴，都要喝甜井水。參見《太康縣志》第二十六篇。

清平樂・道情大劇院

文化部舉辦全國「天下第一團」展演，道情戲《王金豆借糧》一舉獲得演員、導演、音樂、唱腔等八項大獎，自此聲噪。太康擬建全新高質的「道情戲大劇院」。

借糧金豆，三小田間戲[一]。慢板高腔真情意[二]。展演贏佳績。

萬米助建梨園。百花齊放一圓[三]。樂看春風久住，新欣合映絲絃。

[一] 道情多以「三小」戲爲主，尤擅表現家長里短。

[二] 道情戲以唱爲主，唱腔中板腔和曲牌兼而有之，主要板式有慢板、銅器垛、散板等。參見郭德華《太康道情戲的發展簡述及其音樂的調式結構分析》（《中國音樂》二〇〇六年第二期）。

[三] 道情劇團結合周口市週末一圓劇場堅持「共享文化成果，同建和諧家園」。

非遺坐標

道情戲

道情戲爲太康獨有地方劇種，源於道教樂歌，與民間小調「鷥歌柳」融合後，形成曲藝説唱藝術，以唱爲主，咬字清晰，重唱功，無武科，善喜劇。

老村新曲張新劇[一]
文鼓樂音道樂情

[一] 二十世紀二十年代初，老塚鄉張廣志道情班敢於創新貼近生活的曲目，使道情戲走上舞臺。參見《太康縣志》第二十六篇。

布袋木偶戲[一]

布袋木偶戲，又叫獨臺戲、走偶、扁擔戲等，源於漢，至明、清演變爲小木偶、布袋偶。道具、摺叠舞臺均由藝人自己製作，外以粗布袋做收納，單人口含銅哨完成操縱、配音、配樂等。

袋裏乾坤秀林雕寸偶
口中世界銅哨勝絲簧

[一] 現傳承人爲吴培中。見二〇〇九年《第二批河南省省級非物質文化遺産名録》。

太康絃節歌

太康初爲戈地，因夏二王而名。一失一復，感慨由衷，非以歌辭，即取酒釀。故其風爽朗，其韻迴旋。武開精神，文濟山水，一斗才華，名揚天下。文華風起，文教興延，黌學之盛，與今日尤可再聚力。

青青之鄉，遊弋之沛。田勤稼穡而風淳，館尚絃歌而細膾。太昊行巡，太康獵會[一]。君隊飛馳而弓壯，司臣連逐而芒艾。波平霧歇，禹夏安泰。同築累土之象外，猶頌祖皇之明芳。栖孤親於庖正，佈謀德於榻旁[二]。墻宇迴風之注視，菁萃盈頰之醉漿[三]。六世之中興，八帝之槐黃。曦微兮符草，石斷兮記王。陳豫季春之月，潁川薰夏之陽。環行於戈地朗照，三嘆於古丘重霜[四]。濤生召陵之計，雲起虎牢之防。公子之採食居，西風之遞轅鄉[五]。直釣老翁之顧，避亂從儒之堂。壽高之賢聲長，聚柴之聖道宣[六]。彌山復水之夕，典農歌曲之緣。楚掠而陳偏隅，紋茂而謝堂田[七]。共遊之野，新汲之泉。巧思兮純志，涓合兮潺連。

束腰瓶肩，大澤柔而質烈[八]；交陣固陵，兩相退而進決。高祖慨慷，霸王豪杰。猶干戈之錯牽，更情勢之驚迭[九]。舞陽之舊誓止黃，堤竟之殘碑猶孑[一〇]。次公之寬施休養，溫教之貧孤同悅[一一]。司農而通經明理，有度而演易問切[一二]。煙柳而雲龍髣髴，飛梭而寒炎曲折[一三]。河北無難，巾車有轍。披荆斬棘之功，東隅桑榆之杰[一四]。磚石扶欒，漢幡薄綴。雖深鑿兮孰契，於空壁兮納雪[一五]。履蹈仁義，言辭忠切，武器兇器之科[一六]；冶亭贈扇，仁風長河，東征北征之歌[一七]。秦鞭如塞，草木如莎，金斗胡沙之坡[一八]。

泛川珠玉，仲夏消磨。秀逸兮文采，清流兮纖阿。因果之寄，醇福不傷蚊蛾[一九]；方嶽之尊，賢能不捨萍荷[二〇]。望京之樓，閒坐不聞非過[二一]；遊藝之沐，大成不忘憂和[二二]。黌院月冷，勸學若沱。周幽寒侵，至夕若何[二三]？方城陶母之舞，依仁撫志之波[二四]。浪淘風輕之遠，健捷韻長之多。誠真吐納，至德是歌。

[一] 舊志載：太昊發跡於此。或曾經居住生活等。

[二] 即太康先國、少康復國。縣内有五子臺。夏王太康流於戈地築城定居，即今太康一帶，死後葬城東南二里處。寒浞殺后羿自立，封子豷於戈。後夏王少康之子杼滅豷於戈。少康在躲避澆追殺時，做過有虞國庖正，以女艾諜殺澆及豷。參見《左傳·哀公元年》。

[三] 指傳説少康發現米酒，被稱爲酒神。

[四] 太康縣符草樓鄉槐寺，曾稱槐丘寺，有古墓，斷碑碣記「夏后槐葬此」，夏后槐即夏朝第八代國王槐。參見《鄉鎮概況：符草樓》太康縣人民政府網http://www.taikang.gov.cn/index.jsp?id=402881471

d1a065d011d1a30347501b3&id_id=A101009017&name=varticles。太康縣，夏屬豫州，商屬陳地，秦嬴政二十三年始建陽夏縣，屬潁川郡。參見《太康縣志》第二篇。

〔五〕周武王封虞舜後裔嬀滿於陳國爲胡公，後以申公子靖伯庚食戈地，居轅鄉。後周天子命轅濤塗爲陳大夫，食邑轅鄉，因以袁爲姓。參見《史記》卷三十六、《新唐書·宰相世系表》。

〔六〕西周姜子牙因輔佐周武王滅商有功，被封於齊，都於營丘。後齊成公之弟服懇求退隱民間，成公應允，並將高地（今河南禹縣）封爲服食邑，人漸稱其爲「公子高」。齊桓公封服之孫奚於盧邑，並賜以祖父公子高名爲姓，高姓産生。高柴，字子羔，爲高奚十世孫，學於孔子，爲七十二賢之一。後避亂於太康，授學傳道，百二十歲乃終。其後代以柴名爲姓，柴姓産生。參見《史記》卷三十二、《新唐書·宰相世系表》。今太康縣壽聖寺塔即高柴書院舊址，附近有高柴墓。參見《太康縣志》第二十六篇。

［七］楚滅申，謝氏由謝城（今河南南陽唐河一帶）遷居陽夏謝家堂定居，爲官後寓居洛陽。謝纘曾任三國魏典農中郎將，其子謝衡避亂於會稽，仍葬父於故里陳郡陽夏謝家堂，即今老塚鄉。參見《晋書》、謝家堂《謝氏族譜》。

［八］太康縣有吴廣塔，建築别致，一二兩層爲束腰式塔檐，餘爲仿木結構式樣出椽頭塔椽，上爲寶瓶式塔刹。吴廣，陽夏人。參見《史記·陳涉世家》、《太康縣志》第三十一篇。

［九］高祖五年（前二〇二）冬，劉邦進兵追項羽至陽夏南，與韓信、彭越約共擊項羽，並進兵至固陵（今淮陽柳林），而韓信、彭越不至。項羽回擊，劉邦大敗，回營堅守待援。舊志載：「縣南二十里有南拒臺、北拒臺，相距一里。」並見於《讀史方輿紀要》卷四十七。

［一〇］傳西漢初，高祖劉邦命舞陽侯樊噲領衆治理黄河，噲爲修堤壩跳入河水，堤

成病逝，遺言葬此守護黃河。時人將其墓堆成三丈高的黃土崗並刻碑立傳，稱樊噲崗，在太康縣城西北三十里清集鄉黃口村黃河故道旁。參見《太康縣志》第二十六篇。

〔一一〕黃霸，陽夏人，曾任潁川太守。《漢書·循吏傳》載：「自漢興，言治民吏，以霸爲首」，「田者讓畔，道不拾遺，養視鰥寡，贍助貧窮。」

〔一二〕彭宣，字子佩，西漢淮陽國陽夏人，深通《易經》，學識淵博。孝成帝時召爲右扶風，後任大司農、大司空等。參見《太康縣志》第三十一篇。《漢書》載：彭宣「爲人恭儉有法度」，「見險而止」。

〔一三〕柳葉崗隱藏寺，傳王莽趕劉秀時，劉秀在崗上和寺中躲藏。參見《太康縣志》第二十六篇。

〔一四〕太康縣朱口西北馮異崗村有古墓，傳爲東漢大將馮異墓。《後漢書》卷十七載：「建武二年春，定封異陽夏侯」；又：六年春，馮異謝劉秀所賜曰：

「臣聞管仲謂桓公曰：『願君無忘射鉤，臣無忘檻車。』齊國賴之。臣今亦願國家無忘河北之難，小臣不敢忘巾車之恩。」

〔一五〕扶樂城漢墓在城西三十六里扶樂城村東，爲多室磚券墓，係東漢藩王室墓葬。參見《太康縣志》第二十六篇。

〔一六〕袁渙，東漢扶樂縣人，該縣即今太康清集鄉扶樂城一帶。高潔清正，遵禮守法，曾不畏呂布而拒書污詞。袁渙曾對曹操説：武器是種兇器，萬不得已纔使用。參見《三國志·魏書》第十一。

〔一七〕袁宏，字彦伯，東晋陽夏人，才智過人，善作詩文，著有《東征賦》《北征賦》《三國名臣頌》《竹林名士傳》《後漢記》等。出任東陽太守。謝安在冶亭餞行欲試其才，取扇送宏：「聊以贈行。」宏應聲答道：「輒當奉揚仁風，慰彼黎庶。」（《晋書·文苑》）

〔一八〕謝安寄情山水，不喜仕途，然才能卓越，曾指揮弟謝石與侄謝玄在淝水大勝前秦苻堅軍。淝水，又名金斗河，附近山峰名爲將軍嶺。

〔一九〕沈倫，字順儀，北宋開封府太康縣人。太祖討川破成都，沈倫獨居廟院，潔身粗食，蚊叮不傷生，堅拒賄賂。東歸時只帶圖書數卷，别無它物。

〔二〇〕王鈍，字士魯，號野莊，太康縣人。元亡，曾隱居龍門教書。明洪武年間應詔至南京，愛民選賢任能，頗有政聲，明太祖曾讚其爲「方嶽之最」。

〔二一〕顧佐，字禮卿，明太康人。剛直不撓，被譽爲包孝肅。在考核諸御史時竭誠盡心，終澄清風紀，人稱顧獨坐。顧佐爲申民情，在顧窑村建有「望京樓」。以上參見《中國人名大辭典》（商務印書館，一九二一）、《太康縣志》第三十一篇。

〔二二〕太康文廟黌學大成殿前有月臺，臺階正中嵌有祥龍卧雲陛石。

〔二三〕傳説太康縣張集鄉王堌堆爲周幽王堌堆，但於史無據。

〔二四〕指太康縣方城仰韶文化、陶母崗龍山文化遺址。見《太康縣志》第二十六篇。

太康初爲弋地因夏二王而名一失一復
感慨由衷非以歌辭即取酒釀故其風爽
朗其韻廻旋武開精神文濟山水一斗才
華名揚天下文華風起文教興延黌學之
盛與今日尤可再聚力
太康絃節歌
青青之鄉遊弋之沛田勤稼穡而風淳館
尚絃歌而細膾太昊行巡太康獵會君隊
飛馳而弓壯司臣連逐而芸艾波平霧歇
禹夏安泰同築累土之象外猶頌祖皇之

固難煉苦歡發光澄洛丹傳嵩
影內紅溪葦共霞徹煙真氣
囊鶴羽道風搏一水堅強去一千
峰睿澤寬

鄭州八景之老子煉丹

傳老子煉丹於苦地未果有遊洛河再舉爐
仙丸出喜而大呼丹成也 此地遂因老子得
名即今鄭撫

鄲城

因傳説爲道家鼻祖老子煉丹之地而得名，相傳也是鬼谷子王禪昇仙之地。漢置寧平、宜禄縣，隋置鄲縣，一九五二年成立鄲城縣。段寨遺址現爲全國重點文物保護單位。這裏還是中國書法之鄉、中華詩詞名縣。

老子煉丹

傳老子煉丹於苦地未果，南遊洺河再舉爐，仙丸出，喜而大呼「丹成也」。此地遂因老子得名，即今鄲城。

因離煉苦歡，發兑澄洺丹。緑崗歌如約，紅溪葦共看。
微煙真氣養，鶴羽道風摶。一水堅强去，千峰睿澤寬。

丹火夜讀

傳王子橋下成仙後，在鄲城授徒。或説王子在此苦讀修煉，方悟得道，故有此景。

誠情觀妙度，三昧煉風神[一]。綉石蒼橋水，連芳漫草濱。
歸園奇偶策，戰國抗衡唇[二]。掐指窗明曉，鶯飛卷沐春。

[一]《鬼谷子》有「捭之者，料其情也；闔之者，結其誠也。皆見其權衡輕重，乃爲之度數」句。

[二] 劉勰評鬼谷子「唇吻以策勛」（《文心雕龍·諸子》）。

渡仙橋韻

王子昇仙處，今城關洺河大橋，傳王子於此避風，遇二老者弈棋煉丹，王子亦服丹二枚，遂成仙。

浪闊渾川色，秋微意縱横。蘭橋舟渡載，玄仗紫丹形。
棋外神仙訣，村中父母羹。和風猶未老，落日映巢鳴。

汲塚清風

汲塚即汲黯墓，在鄆城縣西北汲塚集西，北臨洺河，有仰韶、大汶口及商周文化遺存。

俯仰春秋月，徘徊陛舍霜。猿留青鶴影，管醉雅絃行。
社稷嘉臣屬，桑麻若冠裳[一]。年年吹早緑，户户潛摇香。

[一] 汲黯被稱爲社稷之臣，《史記·汲鄭列傳》載漢武帝曰：「古有社稷之臣，至如黯，近之矣。」鄆城此址或爲衣冠塚。參見光緒《鹿邑縣志》卷五。

汲水漁歌

汲水於郾城盤旋有鳴雁湖，魚多聚集，漁人時常邊捕邊歌，駐岸遙聞，其聲如和水韻。

紅溪澄且漣，濯我竹香船[一]。嘯引鳴湖雁，歌行逸野篇。

兩三搖櫓答，得失載雲眠。挣破人中網，漁魚樂笑傳。

[一] 乾隆《鹿邑縣志》卷二載：「洪河一道在汲水集南一里，即舊志所謂下洪溝也。」傳老子煉丹經汲水古道，曾飲紅河水，讚其甘清「真洪溪也」，古代汲水鄉因此又名洪溪鎮。

虎頭煙樹

虎頭崗周匝一里，蹲踞如虎形，從虎頭崗村至吴臺村連延不絶，其上緑樹鬱可蔽日。

卧虎煙霞越，穿風碧翠長。蕭蕭分静雨，颯颯夢幽篁[一]。

囑寄殷勤簡，回旋潤澤妝。悠悠雲曲折，三月子衿香。

[一] 屈原《山鬼》有「風颯颯兮木蕭蕭」句。今鄲城所轄，舊時多在鹿邑。虎頭崗見乾隆《鹿邑縣志》卷一，並有明人題詠。

洛水春暉

或洛河波瀾滋潤了鄲城土地，亦或道家經典哺育了河水靈性，生生者不息。

微明長曲藏，渾若一丹成。嫠女青雲織，煙簾畫草榮。

乍暖漂往事，桃李度聲程。鼓籥遊昏察，憑風向海瀛。

洺河秋月

洺河環繞鄲城，爲主要河流，水質甘洌，浪少波平，兩岸草木豐茂，土壤肥沃。

纖阿照影迢，長曲漫紅嬌。席雅蘭相結，林閑槳未摇。
沙汀歸鳥落，汐渚冷蛙聊。莫作高聲語，天鄉貝子敲。

漁家傲·段寨遺址景區

段寨遺址，位於鄆城縣東南十六里段寨村，方形，面積七百平方米，出土有大汶口、龍山時期文物，與淮陽平糧臺有同類刻符陶片，其淵源同在太昊。

但顧風華何覓者。山紋舊與離紋冶[二]。瑤草高丘黄紫瓦。平糧畫。長河北斗雲車駕。

人祖公園思古雅。洪川霧露盈春夏。碧水赤沙飛白馬[三]。年一卦。田間柳渠梧桐架。

〔二〕段寨遺址發現一枚夾砂薑黃陶片，上有「山」字形符，李學勤鑒定爲刻劃符號。這與平糧臺古城遺址四千五百年前龍山時期「離」卦刻符黑衣陶紡輪同屬太昊部落，將豫東地區有原始刻符的歷史提前了幾百年。參見周建山、杜紅磊《鄲城發現大汶口文化晚期刻符陶片》（《中原文物》二〇一〇年第三期）。

〔三〕白馬鎮舊有老牙人祖公園，傳伏羲牙齒埋葬於此。原有清乾隆時古建築群，有龍鳳屋脊及花戲樓等。每年正月初一至元宵節固定有廟會。參見《鄲城歷史典故》。又：據現存碑刻記載，「老牙」原作「老鴉」，其地爲「老鴉店」，旁有漢墓一座，蓋所傳之「老鴉墓」。

破陣子・昇仙橋景區

洛河王子橋，原橋墩石上刻有「洛陰勝曲地，王子昇仙橋」字句，水光映照，傳舊有碑林，旁有王子昇仙碑及亭，近處有紅軍團長李宗田紀念碑。

石上仙文[一]猶麗，城邊蒼塚[二]如溟。教子長衫得相印[三]，書簡千言助將征。養神雲夢庭。

拂曉竹溝紅翠，浩然團長旗旌。深入鄉親傳火種，抗日安邦出奇兵。碑橋樂共鳴[四]。

［一］ 指昇仙橋旁王子昇仙亭碑記。

［二］ 徐公卿：民國五年《淮陽縣志》載：「王禪塚，在縣東南三十五

里。」該地即今鄲城縣西。參見《王子（鬼谷子王禪）係鄲城人氏已有據可考》，鄲城縣人民政府網http://www.dancheng.gov.cn/bencandy.php?Fid=76&id=5311。又：秦永軍、焦華中等《周口市新石器時代遺址的分佈與特徵》（《周口文物考古研究》，中州古籍出版社，二〇〇五）中亦提到「淮陽王禪塚遺址」。周口市博物館資料：王禪塚在今淮陽朱集鄉高井行政村孫莊南地，不在鄲城。又：自裴駰《史記集解》中有「潁川陽城有鬼谷」；張守節《史記正義》「此鬼谷，關内雲陽，非陽城者也」開始，「鬼谷」之地有數處之爭。但此始乃出於《史記·甘茂列傳》而非《蘇秦列傳》《張儀列傳》，惟指明鬼谷即蘇張拜師處。故《元和郡縣志》有「鬼谷在告城（唐告城即春秋時陽城）縣北，即六國時鬼谷先生所居也」、《大明一統志》有「扶風龍山崗縣亦有鬼轂先生所居，恐非秦事師處」，將鬼谷推向今登封陽城山。但王子早年生活及鬼谷塚屬今周口，似應無疑。此處僅作詩文，不爲考據。

〔三〕鬼谷子在雲夢山教授學生，人稱該山爲中國最早的軍校。子，指鬼谷子四位弟子蘇秦、張儀、孫臏、龐涓。《史記·蘇秦列傳》：「蘇秦者，東周雒陽人也。東事師於齊，而習之於鬼谷先生。」索隱：「鬼谷，地名也，扶風池陽、潁川陽城並有鬼谷墟，蓋是其人所居，因爲號。」又，揚雄《法言》：「儀、秦學乎鬼谷術。」《史記·孫子吴起列傳》：「臏亦孫武之後世子孫也。孫臏嘗與龐涓俱學兵法。」李廷機《五字鑒》：「孫臏與龐涓，同受鬼谷訣。減竈暗行兵，龐涓被其獲。」

〔四〕彭雪楓將軍曾在白馬鎮整訓部隊（參見焦華中《鄲城發現新四軍白馬驛整訓舊址》（周口文物普查辦），河南省第三次文物普查二〇〇八年七月http://www.haww.gov.cn/zt/3pucha/www.haww.gov.cn/html/20080726/730457.html）於竹溝創辦《拂曉報》。王子昇仙橋旁百米即紅軍團長李宗田紀念碑（參見王萬邦《河南革命根據地實錄》河南人民出版社，一九九七）。現紅軍碑爲青石底座，兩側有楹聯：「爲國犧牲，精神不死；捨生取義，浩氣長存。」鄲城縣另建有「彭雪楓新四軍遊擊支隊白馬驛整訓紀念館」，已開館。參見鄲城縣人民政府網http://www.dancheng.gov.cn/bencandy.php?fid=131&id=11829。

漁家傲·寧平故城景區

寧平故城，爲東漢光武帝胞妹寧平公主伯姬封地，西晋寧平之役古戰場，又稱臨兵城。民國時尚存土寨，寨門皆有刻石，東爲旭日，南曰阜財，西有金德，北稱動陽。

親綉貔貅公主望[一]。中興漢祚寧平藏。層遞甲兵吞吐浪[二]。空滌蕩。冰輪獨宿寒丘上[三]。

初晋風神忽此愴。忠心玉碎西東響[四]。數看小城英武象。由人唱。開懷烈酒如斯颺。

[一] 傳説伯姬英勇聰慧，曾救大哥劉縯性命，並親綉四面大旗給劉縯、劉秀軍隊，戰争中頻立功勛。《後漢書》卷十七載，東漢有「首創大謀」之功的

「南陽宛人」李通，「娶光武女弟伯姬，是爲寧平公主」。

［二］傳舊寧平光武寺有清人題聯：「吞莽甲八千，非光武孰能擎起；延漢祚四百，捨斯地何談中興。」今廟早廢。參見毛琦、閆春茂《鄲城「漢光武寺」》。

［三］指寧平公主墓。參見光緒《鹿邑縣志》卷十六；《寧平公主劉伯姬其人其墓簡介》鄲城縣人民政府網http://www.dancheng.gov.cn/bencandy.php?fid=76&id=4824。

［四］寧平之役爲西晋存亡的决定一役。《晋書》列傳第二十九：「永嘉五年，薨於項。祕不發喪。以襄陽王範爲大將軍，統其衆。還葬東海。石勒追及於苦縣甯平城，將軍錢端出兵距勒，戰死，軍潰。」又：寧平城時屬鹿邑，今屬鄲城。乾隆《鹿邑縣志》卷一，嘉慶《歸德府志》卷二均載有寧平城並舊鄲縣故城。

清江曲·中原民俗園景區

中原民俗園在鄲城丁村鄉，集文物展覽、風俗體驗與觀光旅遊爲一體，是以農耕文化爲主題的專題博物館型園林景區。

博物中原稻穀香。春秋田畝葉滄滄。似針若綫慈祥密，留寄青春語更芳[一]。
集賢共賞[二]清音舞。豐姿滿綴蘭花樹。三萬舊事寫石盤[三]，千百和風樂民圃。

[一] 中原民俗園建園石刻上有創建者賀恒德將軍之「今身在天涯，情繫故土……爲鄉親公益謀長久之祉」句。

[二] 民俗園有集賢堂供人欣賞書作。

[三] 園中三萬多盤石磨，創吉尼斯世界紀録。參見巴富强《大賀莊村民的「中

原民俗園」》（《河南日報》二〇〇九年十月二十九日）、《我縣中華民俗園首指全國農耕文化》，鄲城縣人民政府網http://www.dancheng.gov.cn/bencandy.php?fid=76&id=1261。

非遺坐標

鄲城大鼓

大鼓書，又名單大鼓、大鼓、豫東大鼓。最初爲傳唱道教經義，已有三百餘年歷史，形式活潑，有吟有誦，有説有唱，唱腔尾音多以鼻音哼字。

說唱輕騎送爽[一]

聲腔道義揚馨

[一] 鄲城大鼓形式靈活，被群衆稱爲文藝演出輕騎兵。參見《瀕危豫東大鼓書在鄲城傳承》（《周口晚報》二〇一二年四月二十四日）。

鄲城泥塑

鄲城泥塑，就地取材，邊打腹稿邊創作，塑後上色，活靈活現。其中「泥人張」的作品充滿鄉土氣息，造型出神入化，生動再現當地民俗風情。

古樸風鈞瓷點秀

生活事沃土傳神 [二]

[二] 鄲城泥塑以百姓生活爲創作題材，傳承人張振福正創新鈞瓷泥塑，在保留鄉土味前提下用鈞瓷點綴，獨具匠心。

墜劇

墜劇屬稀有地方劇種，以河南墜子曲調爲基礎發展形成，故名墜劇。鄲城墜劇保留傳統曲目，編演新風尚。《小包公》《迴龍傳》更移植至豫劇、四平調，廣爲傳唱。

嫁母媒歌飛曲苑
迴龍傳藝動周鄉[一]

[一] 鄲城縣墜劇團整理編導的墜劇有《迴龍傳》《張廷秀私訪》《大紅袍》，創作的現代題材劇有《女新郎》《嫁母》等。參見孫守功《鄲城縣文化局積極推進「中國戲劇之鄉」申報工作》http://gw.hawh.cn/html/20081208/019579.html、《吴宗儉：將河南墜劇發揚光大》。

鄲城妙讚多

鄲城即爲丹成之地，隸苦屬陳，代有變更；又連潁水，接皖風，殊意縱橫。其處多觀廟，仙聖同殿，釋道合奉，多教和祥。看破之目可爲洪黄注解，昇騰之煙正是入世舟楫，此頗可回味。

洺水洪河聞浪，道庭内府知丹[一]。玄妙汲之清溪，仁善煉之厚寬。澤潤無聲，道德常刊。遠沐淳雅，代生芷蘭。吐哺歸心而四海，黄幡紫緞而高壇[二]。碧溪隱跡於陽彩，静渡相迎於石欄[三]。厲地苦葉，寧平武盤。陳國分偶，開皇置鄲[四]。春秋道濟，問卜梅蘭。朝夕更替，寺廟林觀。光武夏寐之鞍，蛙蟲羨誇之聲。一語喝止，滿塘輕盈。文殊靈智，古泉睿名[五]。聖修三教之合，道佈金題之盟。孳孳爲善兮空寂禪，謙謙以仁兮自然行〔六〕。

於是三點神臺爲印，擇其爐扇爲亨；三目精氣爲顯，化其山河爲明。七手八脚，於季堂而尊呈；上帝財神，聚玄穹而祥貞。土地慈德，厚連野而無争；火神素心，雖分街而顧傾。子龍入海，邀四王而蓬瀛；銅佛拾階，印合塔而偈成。元化青囊，望氣定而神清；如來千載，觀緣起而果萌〔七〕。孰云有二，總宜蒼生。篁竹常迎，正源得妙。老君彤丹，孝子厨要〔八〕。雙仙對弈玉珠，隻柯獨夢長嘯。參尋天機，運演玄調。戰國錯替，煙峰閑釣。未竟初衷千般，人間行走一笑。

胡集粉殿之荷窈，寒煙榮槐之木冠〔九〕，丁寨七重伽藍院，古松十畝身香漫〔一〇〕。赴遷南頓，緑柳惺惺之幔〔一一〕，點將梁莊〔一二〕，公主飛針夜伏案；康叔封衛，汲墨湫湫之翰，卧治於斯，戆心爲民曉籌算〔一三〕。秀城妝新而橋黛，漢井空餘鏡半；黑河舟疾而沙堆，秋蘆空餘拍亂〔一四〕。鳴雁霞平而霜過，蘭若共與尋看；玉龍舞泳而波起，春潭共與滌浣。齊天雲閣而迴眸，曦光更惹唱嘆；火力畫宮而暫捨，巽鋒更惹鑄鍛［一五］。紛繁兮爛漫，韜略兮蹉跎。段寨未知春深，一片薑砂磨；山紋不語心事［一六］，幾層紅曲歌。思飛西村，炊曼童音，音聲如螺，更嘉吉祥多。

［一］傳説老子在洺水邊煉丹並成功。

［二］《鄲城縣志》載：鄲城原有周公廟。

［三］傳鬼谷子隱居地在陽城（見前注）。鬼谷子隱居地，亦有扶風池陽、潁川陽城、陝西韓城、湖南大庸、湖北當陽等説，此處不爲考據，僅作文。

［四］《鄲城縣志》載：今鄲城縣地域，西周時屬厲（音籟）、陳國，戰國後期屬楚。秦屬陳郡苦（音互）縣、項縣。西漢時，境内置寧平縣（治所即今寧平）和宜禄縣（治所即今宜路）。三國魏廢縣後，分屬陳郡武平縣和譙郡苦縣。隋開皇六年（五八六）置鄲縣，爲今鄲城縣治之始。

［五］光武寺，原稱文殊寺，因光武帝劉秀在此留下典故而得名。傳説劉秀下令，

寺泉中青蛙便安静不鳴叫。今在鄲城縣東，僅餘少數殿舍和古柏一棵。參見毛琦、閆春茂《鄲城「漢光武寺」》；謝書民《豫東地區佛教文化旅遊資源開發研究》（《商丘師範學院學報》二〇一二年第八期）。

〔六〕三教寺在舊鄲城集洺河北岸，參見《光緒鹿邑縣志》卷五。傳爲儒、道、佛三教合一。明太祖朱元璋重修三教寺，並賜金字龍匾。自此鄲城廟寺均佛道同供。又，《孟子》：「孳孳爲善者，舜之徒也。」

〔七〕民間流傳鄲城廟多，舊有老君廟，高臺上有三凹處，傳爲煉丹爐足印。另外有二郎廟，供二郎神；季堂廟，供七手八脚神；天帝廟有主殿玉皇大帝殿、關羽殿和文昌殿；土地廟，供土地神；火神廟有兩座；四王廟在海子旁，供趙雲；塔寺廟，供銅佛並有一塔；華佗祠，供華佗；石佛寺，供千年石佛。

〔八〕指二仙對弈洞、王子昇仙橋、王子面鷄。傳説王子至孝，爲母做極爛軟的鷄肉吃，村人稱爲面鷄。參見《鄲城文化二：縣歷史文化研究會問賢王子故里》，鄲城縣人民政府網http://www.dancheng.gov.cn/bencandy. php?fid=76&id=4821。

［九］胡集北原有古塚吕墓墳，頂端有四棵國槐，人稱頂天柱。南側有廟宇，供女佛像，人稱老姑娘。民間傳説吕不韋嫁女時，女不如意，逃至胡集而亡。

［一〇］丁寨遺址，俗稱大廟臺子，高約五米，過去有十二三畝大臺，上建七座寺院，房舍一百二十多間，院内松柏成行，遠望如傘。今廟内有和尚十餘人、碑碣二十餘塊，每年農曆二月十五起有廟會。解放前尚有一廟，叫柘丘寺，相傳爲五代時梁王朱温寄柩處，一九四八年拆除。一九七八年四月，採集有新石器時代和商周文化陶片。内容參見一九九二年版《鄲城縣志》。

［一一］指寧平公主墓。伯姬父劉欽爲南頓縣令。參見光緒《鹿邑縣志》卷十六；《寧平公主劉伯姬其人其墓簡介》。

［一二］梁莊遺址，俗稱梁堌堆，在寧平集劉貞樓村，傳爲寧平公主點將之處，又叫「點將臺」。面積約四百五十平方米，呈坡形，高出地面約三米。一九七八年四月發現有漢墓，並採集有商代陶片和石鑿等。内容參見一九九二年版《鄲城縣志》。

［一三］汲黯祖先爲周文王之後康叔，康叔被封於衛，後有衛昌公太子居於汲，稱太子汲，後代遂姓汲。自衛君十世均擔任卿大夫。《漢書·張馮汲鄭傳》載漢武帝「謂人曰：『甚矣，汲黯之戇心。』」汲黯喜黄老術。

［一四］指寧平大橋旁漢代古井和黑河碼頭。

［一五］指雁鳴塔、玉龍潭，以及齊天閣、火力宮。

［一六］指段寨遺址。詳見前文注。

鄲城即爲丹成之地隸苦屬陳代有變更
又連潁水接皖風殊意縱橫其處多觀廟
仙聖同殿釋道合奉多教和祥看破之目
可爲洪黃注解昇騰之煙正是入世舟楫
此頗可回味
鄲城妙讚多
洺水洪河聞浪道庭內府知丹玄妙汲之
清溪仁善煉之厚寬澤潤無聲道德常利
遠沐淳雅代生芷蘭吐哺歸心而四海黃
幡紫緞而高壇碧溪隱跡於陽彩靜渡相

白馬負真經 黄河捲浪高
華西祖白萬殿個中形重陸嘉
香澤蓮溪載去清繁林河渡
暖萬曆初來聲

沈丘八景之香臺夕照
乳香臺始建於東漢 上有廣教寺
明成化年間重修廟樑用乳香木質
每逢盛夏滲出乳液 溢香可聞

沈丘

戰國時因境内有沈國寢丘邑而得名，隋代置縣，其建制時有興廢，至今未易其名。這裏是中華蒙學經典《千字文》作者周興嗣的故里、「槐」文化的重要發祥地。沈丘文獅子舞爲國家級非物質文化遺産。這裏出産的槐山羊久負盛名。

八景新咏

香臺夕照

乳香臺，始建於東漢，上有廣教寺，明成化年間重修，廟樑用乳香木質，每逢盛夏滲出乳液，溢香可聞。

白馬負真經，黄沖卷落零。高臺西祖句，蘭殿個中形。
熏陸嘉香澤，蓮溪載惠清。繁林河渡暖，若濟初來馨。

孤柳寒鴉

嘉靖《沈丘縣志》載：孤柳，古所植也，在縣治北，材幹槎枒，每秋冬群鴉泊集，聲聞數里。

西風吹古道，老鴉噪雲寰。歇脚尋連擊，頑兒約共攀。
安知纖手種，爲待故人還。群鳥重來者，翻飛説遠山。

東郊牧唱

嘉靖《沈丘縣志》載：城東瓦廟，地廣民稠，群集芻牧，兒童橫坐牛背，唱樂以歸。

廟瓦牧童鵝，斜吹野柳荷。黄牛非道理，芻讀怎吟哦。

困路先生説，孩心叩角歌[一]。我牽其耳若？争奈嘆無那。

[一] 孩心，見杜甫《百憂集行》：「憶昔十五心尚孩。」

南浦漁歌

縣有南河，每遇水漲，群鱗踴躍，漁舟雜集。至夕，則擊棹以歌，此消彼長，若戲若攀。

英落緑波紛，漁歸褐棹群。多留汝水拍，少别馬鞍曛[一]。

碧穎眉方懶，黄牛夢若殷。對歌争疊嘆，驚起數鄉雲。

[一] 乾隆《沈丘縣志》載：縣東南三十里添子塚南有小汝河。縣西南自三郭陂積水過水丘成流鞍河，相傳光武征王尋，披戰失利，渡河没馬，漂鞍至青陽館，收散兵追尋，故名流鞍河。

省城煙柳

此景在縣正西七里，有城高爽，週城皆樹。每晴明，樹頭清趣，出没煙光，似薄紗細絹飄摇。

風暖葉林青，香遥四五亭。依偎和草歇，裁剪與芳生。

裊裊週城遍，融融玉色娉[一]。春墻談笑久，著絮有誰醒。

[一] 杜甫《漫興》：「隔户楊柳弱裊裊，恰似十五女兒腰。」

鞠道垂楊

嘉靖《沈丘縣志》載：西門抵鞠家集官路，垂楊夾道，繁蔭清影，行者情怡，樵夫散懷。

遠邑鄉鄰共，青芬彩葉編。幽廊停暑汗，惠道歇樵煙。
掬捧風神語，徜游帝觀田。和心明勝福，小善亦臺蓮[一]。

[一] 乾隆《沈丘縣志》載：勝福寺、玄帝觀在鞠家集北。

半潭新月

舊縣志有記：在南關，河下有深潭，新月中天，水光蕩漾可愛。邀約數友之此，頗可賞翫。

日落煙霞越，雲開斷續笙。新歌人轉望，早約樹中行。

都澤秋池漲，姮妃半面清。催弦何若失，飲罷碧朱成。

七里洄瀾

舊志記：在治西有水，河灣環繞七里而徑一里，舟行亦甚可翫，當盡徜徉盤桓之妙趣。

雪濃承露引，載樂七靈津[一]。疊岸迴環韻，孤舟若比鄰。酡顔温雅器，醉嘯助行巡。空色非雕琢，浮生自在春。

[一] 承露，此指古琴用以穿絃的硬木，絃下有琴軫。

文化産業

破陣子·姬僚冢景區

姬僚爲春秋吴王，墓在沈丘縣北楊集鄉，蔡河盤繞經過。原塚高大，墓穴深邃，夏日亦陰凉無比。今民伴耕其側，隨取浮土，一派田園青茸。旁築有小廟。

無覓千金劍綴[一]，嘗尋孤室魚鋒[二]。冰月梅城山半影[三]，仔雁春心霧數重。舉頭寒律逢[四]。

十二繁華變徵[五]，百千寂寞悲風。偃草輕枝呼暖照，野郭昏村忘黍春。誰來進鼎鐘。

[一] 指姬季札，他一諾千金，解劍獻徐君，深爲國民愛戴，辭君位不繼而出

遊，於是人推姬僚即位。

〔二〕指專諸魚腸劍刺王僚。

〔三〕指當時吴國國都梅里城（今江蘇無錫），有山一名鴻山。

〔四〕吴王姬僚之後（一説二弟，一説二子）投奔楚國，被楚昭王封於養邑（今沈丘）。

〔五〕指吴王僚在位共十二年。參見《史記·吴太伯世家》。

漁家傲·小頂寺廟會

小頂寺，爲黄水後人們修龍王廟所築，建成後供奉伏羲、女媧、龍王、佛祖等，其中無木塔爲豫東一絶。每年三月三有廟會，舊時盛况非凡，僅次於淮陽太昊陵廟會。

槐樹長生黄水往。孤村集店沉檀釀[一]。寺塔接雲無木杖[二]。開偈講。神工每助寬仁匠。

人祖如來龍帝像。千年永祐和春莽。三月初三車駛向。風輕漾。緑溪如唄蓮如藏。

〔一〕沈丘今治槐店鎮西，原有古項子國都及項縣治，明因避黄水，縣治遷於殄寇，即今項城老城秣陵鎮；項國故城東漸形成槐店集，因古槐而得名。

〔二〕小頂寺寺塔爲無木結構建築，極爲罕見，惜已圮毁。參見王永生《沙潁軼事》。

漁家傲・至元古寺景區

沈丘清真古寺，原名至元寺，始建於元朝，西南與槐店回族鎮政府機關毗鄰，西接原馬廷襄將軍府。將軍侍衛府北側爲該寺西段的西講堂和演武廳，清末亦作「經漢學堂」。

古項安營方石井。至元立寺求知詠。智慧搖籃團結映[一]。留南省。和風爽朗槐鄉盛[二]。
滄海雲飛千載影。門樓望月新園景。造化梓桑傳豫潁[三]。家國拯。學堂支隊猶馳騁[四]。

[一] 元初，波斯人阿合馬・阿里率其部落的四個營隊駐屯於古項城縣東郊（今沈丘縣城），並於至元十年（一二七三）在此創建至元寺。參見《河南

省周口市沈丘縣沈丘清真古寺事跡介紹》，國家宗教事務局官網http://www.sara.gov.cn/ztzz/qzzggcdcljsznzt /qgdypzjjagzyjyjdspjpys/8798.htm。伊斯蘭教注重團結和求知，穆罕默德説：「求知對穆斯林男女都是天命。」

[二] 元朝置河南行省。

[三] 清朝馬氏於康熙四十二年（一七〇三）完成修寺大業，有主院、南庭院及北園林三部分。主院由門樓、過殿、捲棚、大殿及望月樓組成，兩側厢房爲南、北講經堂。傳原南講經堂有「德步桑梓」、「功補造化」等題匾。

[四] 一九一二年，該寺西講堂、演武廳及園林被改建爲回民公義明遠學堂（後改爲縣立五小），即今槐店回族鎮回民小學，曾是中共沈丘縣地下黨組織的活動中心。解放戰爭中，馬捷被任命爲沙河支隊隊長兼界首縣縣長，馬學義任副隊長。這支驍勇善戰的沙河勁旅，爲解放沙河兩岸各縣、支援劉鄧大軍南下、建立地方人民政權做出了貢獻。

清江曲·中華槐園景區

中華槐園，佔地三百五十畝，整合利用廢舊坑塘，因地制宜，引水成湖，傍坡爲山，爲節約建設現代園林之榜樣。全園以槐樹生態旅游和產品開發爲主。

古樹蒼蒼緑葉田。峰湖曾是素平川。酒茶藥果分槐妙[一]，無盡青春不老園。

千紋勝曲春秋秀。如斯周氏蘭亭讀。一夜白髮四韻言[二]，沈水浮香越前後。

[一] 沈丘槐園建人工湖、山。槐園開發有槐花、槐菓、槐藥、槐酒、槐茶等產品。參見《中華槐園》，沈丘縣人民政府網http://www.shenqiu.gov.cn/news_xx.asp?msg=23492。

[二] 《尚書故實》載《千字文》：「興嗣一夕編綴進上，鬢髮皆白。」周興嗣，字思纂，沈丘人，博學善屬文。參見宣統《項城縣志》卷二十三。

非遺坐標

六道大方地棋

六道大方地棋，由縱横各六條綫相交畫成方形棋盤，石子爲棋子，隨地取材，隨時可爲，傳爲鬼谷子創立。

六道通雲山隱聖[一]

大方易格正緣中[二]

[一] 傳鬼谷子隱居在雲夢山清溪旁。

[二] 大方棋以佔據中部、中地爲取勝方法。

顧家饃

顧家饃選料精良，須用黑黏土所種小麥，石磨精磨，泉眼中活水和粉，活酵母發酵，柴火旺蒸纔行，熟後再緩慢陰乾，整個過程頗合五行。

雙儀巧煉呈金質
五色優培印玉心

撲蝶舞

撲蝶舞以表現愛情爲主題，彩蝶爲道具，將舞蹈、戲曲、走步、表演等糅合一體，剛柔動静巧妙結合，雖演情而貞潔不淫，舊時重大節日均有表演。

蝶若初時舞

情存永久心[一]

[一] 撲蝶舞原創人爲王芯。見《非物質文化遺産——沈丘撲蝶舞》，http://www.hada.gov.cn/w_NewsShow.asp?ID=0;6845。

兩儀拳

兩儀拳，又稱玄武拳，以太極兩儀道理爲根基，混元勁爲主力，點穴爲精華，使手、眼、身、法、步皆可快慢相兼、剛柔相成，每以後發制人。

長通正氣參玄武
厚蓄仁心煉混元

槐店回族文獅子舞

槐店回族文獅子舞，始於元代，波斯人海鼻耳隨蒙古軍到達中原，結合當地舞龍燈等文藝形式，編創出文獅子舞，异域風情獨特，流傳至今。

和風彩繡紋獅舞[一]
曲隊坤聲幼子情[二]

[一] 回族文獅子舞，起源於漢唐時期西域五方獅子舞，以雌獅表演爲主。
[二] 指表演中有誕育小獅情節。參見何粉霞《河南沈丘回族文獅子舞的發展演變》（《民族藝林》二〇一三年第三期）。

沈丘清三彩

沈丘清三彩，又稱剔花彩陶，始於隋唐，興於明清，秉承唐三彩特色，吸收剪紙、木版年畫等民間藝術，在製陶技藝中自成流派，具有很强實用性。

剔出花容陶溢彩

延承古藝塑流馨

滄海一瞬

沈丘香溪田

沈丘之淵源，於周代有沈子、項子，春秋有吴王與齊桓夫人，更有人祖廟會、孔子來遊，並周氏《千字文》、嘉禾一等勛。蓮池香沁雋永，何必風捲鼓隆。猶若宛丘先生，真修千載童子貌，笑而不語。

沉香悠悠之潭澤，弱子澹澹而苒荏。九畿分韻而穠，周紋遞曲而飲。沈侯統衆之隊，平王西東之枕。葉公大義之問，聖人遠邇之審[一]。雖有魯晋兮奪且闌[二]，更築高臺兮清且凛。東亭之紫英紛薰，蓮渠之緑藻織錦。竿垂之群鱗慢逐，笱稚之蟻蟲飛寝[三]。香儀之依楚何衽，學藝之因誠廢饉[四]。孰樂兮孰思，結翠於風暖之南丘[五]；亦顰兮亦笑，獨歌於鐘妃之潛愁[六]。若惋兮若傷，空旋於吴王之客疇[七]；何悲兮何喜，難測於主僕之禪修[八]。聖師之初，項童早休[九]。郢陳之徙，項邑副流[一〇]。荒凉中起，何止一秋！跳出三千之幻，服增三百之籌。宛仙之睿，姜道之柔。命丸方逸，緣起話頭。四季永春[一一]，皇天青眸。

若悠若遊，共寒來兮暑往；爲煙爲霧，共艇隱兮槳藏。光武飛湖之睿，甲兵破陣之昂[一二]。鼎立三足之争，蕩胸六朝之望。州治南軍之渠，弋坡如畫之塘[一三]。神醫孑然之卧，仙卷剥散之囊[一四]。武功文績，一夕斑斑髮白霜；駢比儷興，千字穆穆閲蒼黄。傾倒紫微，出新文昌[一五]。璇璣旋斡，菡萏固常。回思清真：有至元古寺，開豫首綱，廣延經章[一六]。回觀小項：有無木高塔，猶謝龍王，更禮羲皇[一七]。古項分沖兮黄濫泛，有明聚集兮槐勁剛[一八]。黛眉舒展因濁去，蘭殿潤澤因樑香。永平化生之般若，洪武巡檢之沈鄉。成化重修之緣起，白玉古佛之同聖。芙蕖潺湲之誰在，輕帆遠影之幾行[一九]。

一夢似曲荷風颺，兩儀之功清帝題[二〇]。剛武耕讀之願景，丹青竇村之岸堤[二一]。筆底波瀾之草木，道中詩書之清溪[二二]。今窑唐藝之靈犀，剔彩雕秀之永年[二三]。樹昇龍鳳，語對飛仙[二四]。滄滄素志，灧灧春泉。忘歸如斯，神遊香川。長迎和煦，播採豐田。

[一] 周分九畿，文王十一子聃季載，食邑於沈子國，輔佐周王爲司空。東周平王時，季載後代庚向公輔佐平叛，遷沈於汝水。敬王時，沈滅。後庚向公後代沈諸梁輔楚平亂，被封葉縣爲葉公，曾問政於孔子。孔子曰：「政在來遠附邇。」參見乾隆《沈丘縣志》《左傳·哀公十六年》《左傳·哀公十七年》《史記·周本紀》。

[二] 春秋時魯叔孫得臣聯合滅沈，舊曾有遺址。參見乾隆《沈丘縣志》卷二。

[三] 沈子國東有沈臺，爲聃季載後代沈郢建以遊釣。沈郢爲高士，秦王數請不

仕。縣西北舊産蓮花，有黄河道流經，稱爲蓮池集。參見乾隆《沈丘縣志》卷二。

[四] 沈國先遭晉、魯等聯軍重創，後晉又使蔡滅沈，其後附楚爲葉縣。參見《左傳》。

[五] 廢沈子國南有沈丘，爲沈子之丘，或沈諸梁之丘。參見乾隆《沈丘縣志》卷二。

[六] 指傳齊桓公夫人鍾武元墓。參見《中國地名大辭典·沈丘鄉鎮》。

[七] 指吴王姬僚墓在沈丘。參見《沈丘縣志》第六編。又：經考古調查爲漢墓。

[八] 馬娘娘廟，又名禪緣寺。楚平王太子建爲伍子胥扶持歸國，迎娶秦國公主爲后，其師費無忌更換公主與侍女，將侍女安逸嫁子建，公主則送與平王。當地傳説侍女賢德，爲其立廟，即馬娘娘廟。又《沈丘縣志》第六編：傳伍子胥曾避兵於禪緣寺。

［九］ 項櫜，傳沈丘古項子國人，多説山東碑廓鎮人，被稱爲童聖，早夭。史載其「七歲爲孔子師」。又，春秋項子國爲項姓之始。

［一〇］ 項國故城，戰國楚遷都於陳，擴項爲副都，即今沈丘槐店西。秦統一後，在此置項縣，後因之。參見乾隆《沈丘縣志》、《春秋公羊傳》。

［一一］ 傳有宛丘先生服命丸得道不老，弟子姜若春得其方，三百歲仍顏如童子。參見乾隆《沈丘縣志》卷十。

［一二］ 迷艇湖，傳劉秀被王莽追趕在此迷失舟艇。參見乾隆《沈丘縣志》卷二。

［一三］ 三國至晋，曾在沈丘設豫州州治。三國魏豫州刺史賈逵葬此。舊城北有賈逵祠。賈逵治理豫州軍政，挖渠築陂，人稱小弋陽陂和賈逵渠。參見宣統《項城縣志》卷十。

［一四］ 傳有華佗塚，舊志載爲華佗妹華姑塚。參見新舊縣志。

［一五］ 指周興嗣，字思纂，作《千字文》一夜成，鬚髮皆白。參見宣統《項城縣

志》卷二十三。

【一六】古清真寺，原名至元寺，元世祖至元年間波斯人所建，規模宏大，建築精美。參見《沈丘縣志》第六編。

【一七】小項寺舊有無木塔，全部泥瓦建築，爲豫東罕見。傳説修寺時泥匠和木匠兩家鬥氣，却造就奇藝。參見《沈丘縣志》第六編。

【一八】項城縣治明朝時爲避黄水遷至今項城老城秣陵鎮。槐店人稀，後又移民於此。參見《沈丘縣志》第二編。

【一九】即乳香臺。《明史》志第十八：「沈丘，州（陳州，今淮陽）東南。元屬潁州。洪武初廢。弘治十年改乳香臺巡檢司置。」後設縣，廢巡檢司，乳香臺改名沈縣集，即今老城鎮。舊沈丘鎮週有汾河、泥河交匯成爲泉河，河道彎曲可觀。東漢永平七年在其臺上建廣教寺，明成化年間重修。寺早無存，三尊白石佛像被埋臺土中。參見乾隆《沈丘縣志》。

〔二〇〕 劉榮慶爲兩儀拳先師，乾隆年間武狀元，授有雙旗杆。傳乾隆讚其「天下神功」。參見《兩儀拳的發源地——千年沈丘老城鎮》，沈丘縣人民政府網http://www.shenqiu.gov.cn/news_xx.asp?msg=22425。

〔二一〕 竇書成，清道光年間拔貢，善詩文書畫。去世後學生爲其立碑，後成爲竇氏祠堂。參見宣統《項城縣志》卷二十四。今竇村已成爲字畫村。

〔二二〕 沈丘竇家與項城袁家爲世交。袁保恒，字筱塢，曾贈聯竇氏：「園中草木春無數，筆下波瀾老欲平。」

〔二三〕 清三彩始於隋唐，盛於明清，結合剪紙和年畫風格，有剔、刮、刻等手法，爲沈丘特有非物質文化遺産。

〔二四〕 指龍鳳柏樹。

沈丘之淵源於周代有沈子項子春秋有
吴王與齊桓夫人更有人祖廟會孔子来
遊並周氏千字文嘉禾一等勛蓮池香沁
雋永何必風捲鼓隆猶若宛丘先生真修
千載童子貌笑而不語
沈丘香溪田
沉香悠悠之潭澤蒻子澹澹而苒荏九畿
分韻而穠周紋遶曲而飲沈侯統眾之隊
平王西東之枕葉公大義之問聖人遠邇
之審雖有魯晉兮奪且闌更築高臺兮清

濟濟頻川潮鮮鮮埠口橋石紋
觀泡影柳折悟曇凋日月雖分
別枯榮證泯消常年聲彼岸
般若有垂語

川匯八景之普濟鐘聲

普濟寺傳建於清初氣勢雄偉舊時
寺内每日擊鐘三次凡一百零八響其音清
越三岸可聞

川匯

因地處沙河、潁河、賈魯河三川交匯而得名。明成祖朱棣遷都北京開闢中原水陸聯運而興起，後因一周姓人家在沙潁河兩岸擺渡而得名周家口。清康熙年間起，周家口成爲遠近聞名的水陸集散地，天下客商雲集。「萬家燈火侔江浦，千帆雲集似漢皋」，生動描繪了周家口的繁榮景象。周口關帝廟爲全國重點文物保護單位。川匯區現爲周口市政治、經濟、文化中心。

八景新咏

普濟鐘聲

普濟寺，傳建於清初，氣勢雄偉，舊時寺内每日擊鐘三次，凡一百零八響，其音清越，三岸可聞。

濟濟潁川潮，鱗鱗埠口橋。石紋觀泡影，柳折悟曇凋。
日月雖分别，枯榮證泯消。常年聲彼岸，般若有垂髫[一]。

[一] 普濟寺原清人聯曰：「靈毓潁中潮，歷五十三參奥義，衆生普度；唤醒世塵夢，聽一百八杵鐘聲，大地同聞。」見徐永康《閑話潁川八景》（《周口文史資料》第一輯）。

禹殿水雲

清建湖廣會館有琉璃檐頂大殿，館内禹王池，中有天井，井北有磚砌盤龍，逢雨驟落則鐵鏈頻響，水霧翻騰。

大小珠飛落，盤龍玉彩生。九天雲霧鎖，四海夢鄉縈。
水悦千山澤，風熏百姓誠。池潭新雨後，青緑葉舟行。

瓷坊耀彩

江西會館大殿前五間牌坊，爲二百零八塊景德鎮白釉彩畫瓷片建成，光耀若舞。館内八卦亭，供水神許真君。

玢璘開示瓦，白玉本來形。溢彩連檣秀，摇芬數岸青。
荷川風絮織，麗坊卦紋聽。未語雙秋水，真君祐緯經。

畫閣幻影

關帝廟北春秋閣高約八丈，雕畫精美，下臨水塘，每至仲秋，翠閣倒影，彩霞反照，水天難分。

雙德問春秋，青絲對鏡流[一]。波淪難解意，舴艋不爲舟。
醉度天仙曲，傾歌錦鯉游。探囊淹七印，無計贈醲酬[二]。

[一] 雙德，既指日、月，亦代玄德、翼德。

[二] 指關羽於樊城「水淹七軍」。參見《三國志》。

潁岐春曉

此景位於今周口港口物流園區，舊潁河、沙河交匯處，煙波緑柳如畫，初春郊遊，漫步長堤，擁花携草，樂而忘返。

踏青春略染，結露郭重描。堤外鳴禽約，舟旁細柳摇。
浮光環潁水，瓣雪逐沙漂。緑紫芳香鬥，紅藍勝曲迢。

太岸霽雪

普濟寺西太岸亭，青磚瓦頂，遊人常憩。冬雪登亭，可觀三岸天水一色，萬象銀裝，如悟梵音。

冰瑶争健舞，凍笛暖黄昏。授記觀音闕，延承曉律村。
青磚明畫曲，貝葉向人尊。小大迎冬至，三千不著痕。

濱河漁唱

賈魯河、沙河交匯處多魚，至晚漁唱聲聲，與濁酒同蒼涼，天星燈火，盡映水中，遠望斑斕，輒取美名寫此景。

月杵老鴻溝，星槎若子眸[一]。邀歌無孔笛，對影有沙鷗。
纜結迴停逐，花薰遠唱酬。陶壺真酒味，勸飲醉彎鈎。

[一] 賈魯河，流經周口等地。據許世明《鴻溝小史》：「今天鄭州西面的賈魯河就是歷史上赫赫有名的鴻溝。」（《中州今古》二〇〇二年第一期）。參見《讀史方輿紀要》卷四十七。

春韭揚芬

舊八景多有因替，捨虹橋燈火、鬧市輪蹄等寫此景，是爲珍情誼：鐵香而貞，於土地廟年年青翠。人間唯春風，總不嫌多。

共寄晨煙嶺，窗留夜雨涼。巴山山韻叠，燭影影揺長。
翠緑思三月，清新熱兩行。和春融塊壘，雅意聚芬芳。

文化產業

破陣子·關帝廟文化景區

關帝文化産業園以關帝廟爲軸心，關帝上城、書畫古翫、手工製作、名優小吃等爲主導，致力發展文化産業。

幾縷長髯激蕩，一泓青月消磨。元讓五關金索冷，文遠三章玉語多[一]。弟兄霜奈何。

正氣常存子午[二]，春秋遍歷山河[三]。護佑玄杆龍唱響[四]，德耀明庭客織梭。香傳渡口波。

〔一〕三國夏侯惇字元讓，張遼字文遠。張遼曾勸説關羽護二嫂先暫栖曹操帳下，關羽遂與曹約法三章，其中之一即得兄消息立刻别曹追兄。夏侯惇爲家侄事多次阻關羽出五關尋劉備。參見《三國志》。

〔二〕川匯區有子午街，爲明朝古街。參見彭大海《周口市形成初探》（《周口文史資料》第一輯）；張建民《川匯區的歷史變遷》（《川匯文史資料》第一輯）。

〔三〕關公喜讀《春秋》。參見《三國志》。

〔四〕關帝廟爲原山陜會館，内有鐵旗杆，重三萬斤，旗杆有四條青龍，並二十四隻風鈴，聲聞數里，底座有銘文：「關帝廟寶杆一對，永保十方平安，吉慶有餘。」參見孫本書、何濤《關帝廟》（《周口文史資料》第三輯）；陳全華、黄祖勝《關帝廟護寶拾零》。

清平樂·明清古建築群

保護明清古建築群，恢復重建老街巷、老字號，修繕鎮冲寺，重建穆青故居和紀念館，全力打造明清文化。

古今如煥。潁水風華漫。楚越慇懃舟帆貫。秦晉豐饒河岸[一]。

擁簇麗藻閆桃。勝芳穠李流韶[二]。更看清新若洗，飛翎青苑紅驕。

[一] 周家口集「舊在沙河南岸，僅有子午街一道，國朝治平百年以來，街道縱橫，舟車輻輳，南接楚越，西連秦晉，豫省一大都會也」。貨物有「米、豆以及鳳（陽）、潁（州）、泗（州）各屬所産糧食，年歲豐稔」。參見乾隆《商水縣志》、許檀《清代河南的商業重鎮周口——明清時期商業重鎮的個案考察》（《中國史研究》二〇〇二年第一期）。

〔三〕李家大院爲明清建築群保存較完好者，房脊檩有「龍飛大清光緒五年歲次己卯閏桃月初九日萃文堂立」字樣。李毓英、李擢英、李延英三人均爲名流。參見穆廣科《周口明清民居建築群李家大院》（《川匯文史資料》第一輯）。

點絳唇·越調一圓劇場

「週末一圓劇場」以豐富文化資源爲依托，觀衆僅需一圓門票錢，即可欣賞高質量之文藝演出。

萬種千情，陽春佳雪桃花子。緑雲紗水[一]。歌舞將樑醉。
大衆一圓，無處不紅翠。絲竹喜。板腔明媚。春雨新風繪[二]。

[一] 緑雲指頭髮。水紗爲戲劇旦角勒頭用具之一。

[二] 指一圓劇場注重培養新人。

清江曲・沙潁河文化景觀

依托水資源，建設濱河公園和賈魯河大橋等，重建新街明清碼頭，分期恢復川匯八景，形成沿河景觀帶。

若夢濱河幾曲浪，桃煙長堤和瓊芳。快衷任意漁歌好[一]，日影風紋一水香。
明清舊石彤雲杳，斜簾醉照橋頭慶[二]。緑柳泊鴨賽渡喧，如箭飛舟綵綢贈[三]。

[一] 浪裏桃花、濱河漁唱等指周口沙潁河文化景觀帶將恢復的八景景觀。參見薛順名《發揮區位優勢 重構周家口文化》（《川匯文史資料》第五輯）。

[二] 明清碼頭、大慶路橋等均屬沿河文化景觀。

[三] 周口龍舟賽在清朝就已開始，彩飾多是舟船特點，捉鴨是賽事高潮。參見公中午《周口民間文藝史話之二：漫話龍舟》（《周口文史資料》第三輯）。

非遺坐標

八音樓子

八音樓子，又稱八音會，源於宫廷音樂，民國初山西客商引入，樂器有嗩呐、笙、呼胡、揚琴、鼓、鑼等。廟會慶典、婚喪嫁娶皆有表演，常與「肘閣會」結合。

古韻堂分疏影艷
今情會聚滿園春

周口越調

越調，又名四股絃，清末形成，唱腔除「越調」外，兼唱吹腔、崑腔、七句半等，高亢明快，伴奏分文武場，角色行當齊全，劇目多爲中原社會、生活之生動記録。

腔調笛絃留古韻[一]

當行唱做演民情

[一] 絃牌和笛牌爲越調曲牌的兩大組成部分。

買氏中醫外治療法

醫藥業是周口回族之傳統行業。買氏中醫祖尊《御纂醫宗金鑒》《本草綱目》，治療癰瓣瘍痛等，自上世紀即馳名豫皖。現第八代傳人爲買建修。

安神去毒書遠志
敬草施仁話陳香

川匯名館多

川匯是爲三川匯聚、貨物集散之渡口，初以子午小街，漸至文賈雲集、商會鱗比，一時有百館之説。於沙潁連接魯皖，溝通浙鄂，風景風華獨綽約，民衆客旅樂而聚之。

子午初開，天紋水煙。漁樵汀渚，點綴周岸[一]。推黃藻於白露，泛青蘋於潼湍。無長風而汛聞朱仙[二]；看茶麻紛紛，寶號爲貴。植蟠桃而景衍關帝；看冠帶峨峨，金獸奇味[三]。民殖美而饔沸，渡殿起而館争；曾經有媽祖天后，囑賈魯之波寧[四]；壽陽蓮池，歇舫船之潔荇[五]。覃懷四聖，奉剛勇而綏平[六]；萬壽百瓷，修妙籌而吉貞[七]。江南相馬，留草木其殿盛[八]；大王雙龍，祝海晏其河清[九]。陸陳仙閣，均斗稱兮均衡[一〇]；湖廣禹鄉，秉孝仁兮秉誠[一一]。春秋南望，輓赤兔共丹精[一二]；闕公北巡，分溆昂共溢冲[一三]。如雲十苑神且妙，追波幾時回且迎[一四]。

嘉會常爲經營，埠橋昔爲水灌；禹王之平波，鄧將之治旱[一五]。將弓石兮築城垛，濯金戈兮飛珠琯。微風猶如拂掠，千載猶知寒暖；河東之高墻，捻火之夜斷。惟曾公之連奏急，謂張祠之獨依岸[一六]。更武略文韜，明誠相伴；西平思母，數日悽然而不盥；南寨施粥，一鄉訢然而得緩[一七]。雁翎隊飛，舞報通訊之首賢；榜樣高呼，喚擎愛民之柔善[一八]。

舊來二板煙散，多少蕩胸滂沱！如今對聯虹霽，無限映目婀娜[一九]。古橋心瘁未發語，大閘靈犀已環坡。翠條茂盛，彩蕊娑婆。春堤英集，高士情和[二〇]。芳姿倩影之覽，更唱迭聲之羅。百鳥朝鳳之樂，趙家嗩吶之酡[二一]。誰言勝曲無駐，鬧市輪蹄疊橐。更記晚照長杆，彩沙鐵牛游河[二二]。古遠時煥，脉脉良多。樂居歡會，追瀾撫波。楊莊之土藏璿瑞，埠口之颺源雅歌[二三]。康村之廟怡三姓，太昊之香佑苗禾[二四]。鎮冲之寺傳雲絮，靛草之呈比柔莎[二五]。廣濟之槐連枝鬱[二六]，花廳之飲浮瓣皤[二七]。齊聚朝夕如約之館，曲曲新風讚，清清潁川荷。

［一］川匯乃沙河、潁河、賈魯河三川交匯之處。明朝初年，農户爲交换生産、生活所需，依沙河北岸建寨，雙日爲集，即永寧集。永樂年間，沙河南岸子午街（今老街）新闢貿易市場，爲單日集。因永寧集與子午集爲沙潁河所阻隔，一周姓船户衝子午街北口闢一渡口，以擺渡南北客貨，時稱「周家埠口」，周家口由此得名。

［二］明成化年間，賈魯河始通周家口與沙河匯流，使得舟楫可以直通朱仙鎮。彭大海《周口市形成初探》（《周口文史資料》第一輯）；張建民《川匯區的歷史變遷》（《川匯文史資料》第一輯）。

［三］金獸，指香爐，古人一般以鏤空銅爐焚香，上鑄獸鳥裝飾。

［四］舊十大會館（今僅存關帝廟一座），一爲福建會館，又稱天后宫，爲福建菸草商於清乾隆年間所建，供奉媽祖神，主海靖漁安。

［五］二爲糖業會館，又名壽陽公所、「理門」公所，壽州糖商建，迎門有荷花

池三處，後溪中有磚砌船舫，會館信徒須潔身自好、助人爲樂。

〔六〕三爲覃懷會館，大殿内塑懷慶人岳飛、張顯、湯懷、王貴四像，故又名「四聖」會館。清同治年間，兩江總督曾國藩、欽差大臣李鴻章來周口鎮壓捻軍，先後駐於此館。

〔七〕四爲江西會館，又稱萬壽宫，館有照壁、花戲樓、八卦亭、東西廊房、瓷牌坊和大殿。

〔八〕五爲江南會館，又名安徽會館、關帝廟，位於北岸慶豐街，大殿爲草頂，廟前爲牲畜市場。

〔九〕六爲油業會館，又名大王廟，兩邊有兩紅門，上嵌「河清」、「海晏」兩塊磚匾。大殿前龍亭，兩條九米長巨龍高懸於地面八米之上，一青一紅，龍中間戲珠可滚動，並帶動雙龍轉動，是周家口會館中唯一的龍亭。

〔一〇〕七爲陸陳會館，又名平王廟，大殿内塑張巡、許遠像，每逢議事、校斗、校秤，均聚於此。

［一一］八爲兩湖會館，又名湖廣會館，青石圍墻上刻有「二十四孝」圖，大殿與拜殿間有禹王池，北側有磚雕盤龍戲水。

［一二］九爲南岸山陝會館，又稱關帝廟，大殿有圓木立柱，色似丹紅，内塑關羽像，左右有馬童像，一牽赤兔馬，一牽白膘馬。

［一三］十爲北岸山陝會館，即今周口關帝廟。參見彭大海《周口會館紀略》（《周口文史資料》第三輯）；王羡榮《周口的十大會館》（《川匯文史資料》第二輯）。

［一四］周家口舊有馬王廟、孫臏廟、圈神廟、羅祖廟、竈君廟、老君廟、魯班廟、嫘祖廟、葛仙廟、財神廟十大廟，今亦不存（參見《川匯文史資料》第二輯）。

［一五］水灌臺遺址傳爲大禹觀水臺，傳説三國鄧艾又在此臺築灌溉城池而改名水

灌臺。參見《水灌臺遺址》（《周口文史資料》第二輯）。

［一六］曾國藩接受劉銘傳之建議，奏定防守賈魯河、沙河之策，集西華、淮寧（今淮陽）人力於賈魯河東岸築長墻，後捻軍乘夜由開封朱仙鎮突破長墻。曾國藩爲犧牲戰將張樹珊奏請封賞，在周口南寨胡家集立專祠，這一奏章石碑現藏周口市關帝廟民俗博物館。參見《周口歷代駐軍情況》（《周口文史資料》第二輯）；王保性《曾國藩駐周家口前後》（《周口文史資料》第八輯）；張建民《曾國藩屯兵周家口》（《川匯文史資料》第一輯）。

［一七］李毓英在西平時得知母喪，號痛欲絶，數日不食。李延英在南岸關帝廟、陸陳會館等處設立粥廠以活飢民，北岸二板橋將傾塌，又組織搶修。參見王保性《周口清代知名人士：李毓英、李延英、李欽》（《川匯文史資料》第二輯）。

〔一八〕即原新華社社長穆青故居，穆青作品有《雁翎隊》《人民呼喚焦裕禄（縣委書記的好榜樣焦裕禄）》等。參見張延平《穆青傳》（新華出版社，二〇〇三）。

〔一九〕二板橋始建於明崇禎年間，橋西建有門樓，上懸「虹霽橋」和「西聯秦晋」二匾。參見《川匯文史資料》第二輯。

〔二〇〕周口大閘沙潁河段，兩岸緑樹成蔭，南岸有水上遊樂場等。

〔二一〕沙河趙順德嗩吶班班主趙梢綜合傳統曲牌創作出《百鳥朝鳳》。參見公中午《周口民間文藝史話之四：周口嗩吶今昔談》（《周口文史資料》第四輯）。

〔二二〕鐵水牛爲渾鐵澆鑄，伏卧於沙潁河底北側，昂首西向，用於觀測洪水水位。參見李欣、徐長磊《鐵水牛》（《川匯文史資料》第二輯）。

〔二三〕東楊莊古墓群在不足五千米的取土坑内，發現有西漢、新莽、東漢、五代十國、宋墓十五座，徹底否定了周家口明代之前無歷史之説。參見《川匯文史資料》第二輯。

[二四] 康店村世代居者爲康、張、李三大姓，位處周口東門户，村有羲皇殿(又名伏羲殿)，舊有乾隆時期的蟠龍碑，上雕九條盤龍，記載有該廟的始建年月，今碑已不存。參見《川匯文史資料》第二輯。

[二五] 清朝鎮冲寺舊址供奉葛仙翁，民間傳説仙翁葛玄管理靛草收成，是製紙業祖師。靛草爲舊造紙用料之一。參見王羡榮《行業廟宇》（《川匯文史資料》第二輯）。

[二六] 明朝廣濟寺大槐樹今已生出二代、三代，「嘉樹延年，代代相接」（《洪洞大槐樹移民志》），爲歷史移民見證。

[二七] 周口茉莉花局始於光緒二年，西寨柴家首辦，迅速發展至六七十家，遠及京津、濟南。參見周鴻魁《周家口茉莉花局的興衰》（《周口文史資料》

第三輯）；譚天《老周口的茶館》（《周口晚報》二〇〇五年五月三十一日，河南省文物網官網2005.5.31 http://www.haww.gov.cn/wwzg/2005-05/31/content_115624.htm。）

善地善淵中清虛致遠聊天
然迎院落柳綠門紅太廟乾
封旨真源德潤功往來遊子一
篇象自西東

鹿邑八景之太清仙境

太清宮在縣東十五里姓名老子廟漢
延熹八年立水經注載渦水又北逕老子
廟東廟前有二碑在南門外

鹿邑

春秋時始置縣，先後稱鳴鹿、苦、真源、谷陽、仙源，元代始稱鹿邑縣。中國古代偉大的思想家、哲學家老子誕生於此，這裏是道家之源、道教祖庭、李姓之根。太清宫遺址（含老君臺、隱山遺址）現爲全國重點文物保護單位。

八景新咏

太清仙境

太清宫在縣東十五里，始名老子廟，東漢延熹八年（一六五）立。《水經注》載：過水又北，逕老子廟東。廟前有二碑，在南門外。

善地善淵中，清虚致遠翀[一]。天然迎院落，柳緑鬥魚紅。太廟乾封旨，真源德潤功[二]。往來遊若一，萬象自西東。

[一]《老子》有「居善地，擇善淵」句。

[二] 李唐王朝尊老子李耳爲祖先。唐高祖李淵在武德三年（六二〇）以老子廟爲太廟。唐高宗李治在乾封元年（六六六）到真源（今鹿邑）祭祀。唐玄宗李隆基在天寶二年（七四三）欽封老子祠爲太清宫。

隱山煙樹[一]

隱山遺址，爲新石器時代和商周文化遺存，舊高數丈，傳宋時陳搏煉丹於此，煙含靈氣。觀之若霧，經年不散。

青峰戴霧煙，雲氣着流泉。說有長生藥，香盈五七年。
林光分日色，鼎座暖師眠。飛羽今來約，遊霞道不還。

[一] 隱山在太清宫遺址西約五百米處，傳爲陳摶煉丹處。參見乾隆《鹿邑縣志》卷一。

丹井朝霞

太清宫太極殿南神道有「望月井」，每逢仲秋，月影入井，水吞月色，上觀下顧，難捨光華。故將舊景名寫此井。

望舒纔斂袖，瑩彩畫青紈。谷納虛盈氣，湄含世代丹[一]。
蕊香停落了，草色續承漫。澹淡風雲澤，迴行内外觀。

[一] 谷，此處指井谷。

明道殘碑[一]

明道宫爲老子講學處，内有元代古碑，碑文爲丘處機《清天歌》，風雨剥蝕，至清殘損如有設計，令人稱奇。

踣鹿斯川岸，猶龍若拙章。伊人風宛在，紫極殿流香。

剥篆非曾約，彫碑似與襄。清天歌至道，渌水澄群芳。

［一］明道宫現建有伊人宛在坊、猶龍堤等。

長林春曉

長林在縣城北付橋，爲廣袤樹林，鳥雀所栖，燕舞蜂聚，更有林中樵話臺傳説，遊行其中，宛若仙境。

對語樵夫歌，穠芳説夢真。風深墻外道，歌落斧中雲。
紫燕黄鶯別，花眉綉眼鄰。誰振飛茸起，長橋盡落春。

龍井秋月[一]

太清宫有九龍井。傳説老子初生即行禹步，步成一井，井有一龍，九龍吐水以浴聖體，即此九井。

禹步仙泉啓，柔風聖道藏。九龍游以沐，萬鶴舞爲翔[二]。

柱澤嘉桃李，霄宫緑梓桑。連川清月拂，最是嘆重陽。

[一] 清許菼《鹿邑縣志》載：鹿邑十景「後減爲八景，變易其名」，其中「仙臺秋月」改爲「龍井秋月」。又：此景依太清宫老子出生九龍井作。因八景之「虎頭煙樹」今屬鄲城縣，故從許《志》所載景名中選一「丹井朝霞」寫望月井（見前「丹井」詩）；並以此九龍井與明道殘碑相對，成爲八景。

[二] 《正統道藏》載：「老子生時，萬鶴翔空，九龍迎聖，九龍涌出，沐浴聖德，遂成九井。」

過口風帆

舊志載：縣城北付橋附近，彼時無橋，河面寬闊，時有群舟争濟，一帆一水，衆生百象，煞爲可觀。

畫舫遇新蓮，河洲正夏眠。草穠帆吃醉，人寤浪修禪。
緊喚誰飛槳，多酬好貫鮮。若將君子失，憂懼少晴天[一]。

[一]《論語·顔淵》：子曰「君子不憂不懼」。

洛河古渡[一]

縣志載：洛河舊無橋，行人假舟自渡，急緩由心，時河岸荒蒼，野人歌嘯可聞，入不堪尋，平添古意。

石下新黄集，風波古渡寒。昏荻飛晚唱，白霧隱瀟竿。
解得身邊索，行來彼處寬。小舟無罣礙，霰雪證洺瀾。

[一] 洺河渡口今屬鄲城縣。

七臺新咏

昇仙臺

城内東北隅明道宫後，有臺崇矗三丈，湖水瀠洄，世傳老子飛昇處，又名拜仙臺，上存鐵柱，古色黝然。

禮道安仁話語融，行臺遺柱水雲通。
渾然世界何分較，衆妙參差競上隆。

思陵臺[一]

舊志載：縣西南四十里，有後漢陳思王鈞葬處。民呼爲思王曹植墓冢，蓋慕其文思雋逸故。今仍之。

常將子建雋文聽，更囑垂髫鹿苑行。
漫野宓歌同洛曲，思來八斗爲盈盈。

[一] 光緒《鹿邑縣志》、光緒《淮寧縣志》等云此「思王」爲東漢陳王劉鈞而非曹植。

希夷臺[一]

希夷臺，許《志》云在縣東十里隱山之側，《通志》謂在縣東十三里，即陳摶老祖煉丹處，林木茂繁壯觀。

煩囂若舞希夷醉，一覺青袍壓紫冠。
便告雕桐栖白鶴，代師凝露佈紅丹。

[一] 陳摶作《指玄篇》，被宋太宗譽爲「希夷先生」。

樵話臺

樵話臺，又名爛柯仙臺，在縣北八里，長林掩映，落紅片片，採樵者、遊翫者皆可據以休憩，聽鳥啼如仙音。

聞棋未語恐驚香，似坐天台孰贈芳。
入定猶知經緯事，出關一笑緑山長。

欒臺

欒臺遺址在縣城東南，屬仰韶、龍山文化，上有欒香寺舊址，北有白溝河。《魏書·地形志》載：谷陽有欒城。

滔退丹昇照谷陽，人攢寺穆請和祥[一]。
春風非只桃源有，遠近枝頭滿是香。

[一] 舊志載：欒臺遺址，傳爲避黄水所築。《魏書·地形志》載：「谷陽有欒城，始建無考，殆亦鄉城舊址，今微有跡，其西北有欒相寺。」

桂香臺

舊志載：鹿城東北傾陷，宜起樓觀浮屠以鎮之，以其地視學宫屬艮，即建學宫，上修浮屠塔，爲桂香臺。

分晝陰陽艮屬昌，觀音閣榭學宫藏。
如登月苑雕蘭桂，便折頭籌奉鹿鄉。

吴臺

吴臺鎮歷史悠久，傳有東吴大將駐軍。爲清朝名集、名鎮，原有天地廟、火神廟、老君廟等，雕梁畫棟，惜今無存。

村落延連玉藕塘，公孫似夢富春江[一]。
五重蘭若煙彌老，幾度青青問俊郎。

[一] 即吴臺廟，特産蓮藕。傳此地原有九小村莊，三國孫權北伐至此，命建五座廟宇，從此九村合一，稱五臺廟。實爲鍾富春至孝，嘗以施瓜爲母得佳地。參見光緒《鹿邑縣志》卷三、卷五。又：此景今屬鄲城，因有意義仍作文。

登臺歌

野蒿漫舞，孔昭回聲。隱蘗香桂，樂心太清[一]。
慨當以慷，月宛在明。東流如逝，柔風若迎。
山高海深，不厭天真。載笛青牛，徜遊緑茵。

[一]《詩經·小雅·鹿鳴》有「呦呦鹿鳴，食野之蒿。我有嘉賓，德音孔昭。視民不恌，君子是則是傚」句。

文化產業

行香子・太清宮景區

唐高祖武德三年（六二〇），從吉善行之言，祖老子，特起宮闕如帝者居。高宗乾封元年（六六六），追封太上玄元皇帝，建紫極宮。天寶二年（七四三）易紫極爲太清。宋建益侈。太清宮北洞霄宮祀老子母。

苦地行洪[一]。經卷香隆。化廳堂旨酒柔風。濴洄忘我，讚嘆猶龍。更遊青野，驅青牯[二]，入青葱。

香樨對舞，明皇書注[三]，伴千年虛意玄宮。洞霄如眷，太極無窮。道煉丹成，訪丹妙，爲丹穠。

〔一〕老子生於鹿邑（古稱厲、苦）。乾隆《鹿邑縣志》：「周老子者，楚苦縣厲鄉曲仁里人也，姓李氏。」

〔二〕老子故居東鄰少年老子牧牛場。

〔三〕太極殿前有兩棵丹桂古柏，紋理其一左旋，其一右轉，舊《鹿邑縣志》載爲老子親手所植。太清宮碑刻有「唐開元神武皇帝道德經注碑」等。

臨江仙·明道宮景區

明道宮，在縣城東北隅，始建於唐，與太清宮東西相望，其中老君臺傳爲老子講學之所，現恢復有弘道苑、衆妙之門牌坊、迎禧殿、玄元殿等建築。

千年十里留銀杏，珠簾傘蓋飛蓬。涵光潛慧若春風。何憂歸處，流水自然東[一]。
紫極秋分明道德，高臺疊韻如沖[二]。清音漸漸鹿鄉鴻。錦雲飛曲，萬籟妙門中。

[一] 傳孔子到鹿邑問禮於老子，老子迎送十里，在銀杏樹下與孔子相見分手。今樹已千年。乾隆《鹿邑縣志》卷三載：「亭前見臺下一碑，刊孔子問禮處。」

[二] 明道宮建於唐代，初名紫極宮，其後昇仙臺高數丈。明朝改爲真源行宮、明道宮。參見光緒《鹿邑縣志》卷五。

臨江仙·陳摶公園景區

陳摶公園，在縣城東南隅，爲充分利用水源優勢，以白雲庵爲中心，道家文化爲依托所建。現代古典風格兼具，有虛静，有靈動，張弛有序，天地合一。

悠悠彤紫白雲看[一]，善淵會意秋塘。重林離巽鼎煙長。香華天雨，一並隱清芳[二]。初發早霞開宿霧，圖南大寫微浪[三]。悠遊落瓣畫魚行。筱叢苒苒，被露倚修篁。

[一] 陳摶庵，初名白雲庵，水環四面，一逕幽通。參見光緒《鹿邑縣志》卷五。

[二] 陳摶將老莊清静、道教方術、佛教禪觀融合一論，自成一家。

[三] 陳摶公園鳥瞰爲其字「圖南」之形，佈景原則爲「小中見大、静中藏動」。參見寇麗芬、黨運寬、張玉書《别有天地非人間——鹿邑陳摶公園規劃設計説明》（《河南風景園林——二〇〇三年學術交流論文集》）。

清江曲·濱河運河景觀帶

鹿邑建設以老子文化、園林生態、衛生城、旅游城、文化名城爲抓手，將紫氣大道作軸綫，連接太清宫景區和城區，工業區和過河、濱河公園，使城市文化傳承弘揚。

紫氣和融鹿邑城，仙源璞玉素雲行。入河曉浪風時見，垓下如何不動情[一]。明明似月從無斷，滄滄若海歌長短[二]。美酒魏武楚霸王，留鎖春深草彌岸[三]。

[一] 傳縣城東北虞奶奶墓即項羽葬虞姬處。唐張守節《史記正義·項羽本紀》載：「垓下高崗絶巖，今猶高三四丈，其聚邑及堤在垓之側，因取名焉。今在亳州真源縣東十里，與老君廟相接。」范文瀾《中國通史簡編》第二編：「垓下，在今河南鹿邑縣境，一説在安徽靈壁縣。按當時軍事形勢，應以在

鹿邑縣境爲是。」

〔二〕曹操《短歌行》有「呦呦鹿鳴，食野之蘋。我有嘉賓，鼓瑟吹笙。明明如月，何時可掇？憂從中來，不可斷絶。」

〔三〕光緒《鹿邑縣志》載：「過河又東，逕武平城故城北。建安元年，獻帝以操爲大將軍，封武平侯，以此城爲封邑。」

非遺坐標

老子廟會祭典

每年農曆二月十五至三月十五，鹿邑縣舉辦老子廟會暨老子祭祀大典，緊緊圍繞老子文化，特色濃鬱，是鹿邑開發建設的一張文化名片。

孔德唐風人樂甫
真源道理水長洄

宋河酒傳統釀製技藝

傳老子在鹿邑棗集教人燒窑[一]，口渴，見水混濁，便在宋河邊點泉，水涌甘甜帶酒香，飲後神清氣爽，方圓十里百姓都來取水釀酒。

送水玄香留妙趣
出林紫氣入時風

[一] 棗集即今宋河鎮。

朱氏石磨香油製作技藝

香油在三國時已有記載，蒸磨壓榨，亦香亦藥，南北朝至唐宋時期食用甚爲廣泛。

自古至今，均以河南爲主産區。

煎烹塊壘生潤澤

滌蕩情懷助延年

鹿邑清聲遊

鹿邑爲淵源所聚之地，實不爲過。古者今來，道德文章，虛靜修爲，柔善相待，不争而爲天下先，無意乃更韵味長。鼎爐常興，文藝道理家，共向此地汲水，各煉自家内丹。知苦而樂，莫測而真，守拙而愈清越非凡。

呦呦其鳴，風雅孺子之讀[一]；穆穆周韶，茸茵自然之宿。高陽傾注善淵，紫木流連青麓[二]。理官延之吉兆，苦地步之祥穆。陳枝發繁，益壽和睦。九井争涌，真龍和沐[三]。柯條萬葉，澹意和谷。丹紋朝夕，衆妙和復[四]。若仙鄉太極，佳穎如簇。溟乎橐籥未啓，爽乎玉簫已掬。十三鳴禽之婉，通貫子音之淑[五]。右顧隱山之殿，曾留長氏之卜。厲主靈龜之獻，商君銅鼎之録[六]。

若方轉峰苑，安平如故。子胥之竿尋釣，黑蛟之潭仍蓄。秋來大棘蒼浦，寒來子建何執[七]。舞草之原新榮，美姬之劍仍熠[八]。鼎下瓦石盡裂，垓下霸王獨立。金風神遊，再顧婉麗；後漢文立，三國武賡。敬侯封郡，陳思射纓。白虎之論儒，彤臺之紋縈[九]。《尚書》崇德，虞氏孝迎。祖父之傷冬，少府之承名[一〇]。獻帝捉袖，魏王洪聲。許都之素餐，武平之權傾[一一]。百千洛甲，以令侯英。風搖之弱浪，謀運之强旌[一二]。何觀兮碣石，歌孔昭流笙。轉瞬兮華年，看白髮斑生。惟斯兮得道，看川上漫行。

欒香退黄濁[一三]，聖意起太清。洞霄之恩時舞，玄鐵之柱若彭。伊人之芳猶在，善泉之濟若瀛[一四]。圖南隱叢碧，春熙發食萍。白雲是喻，顯德是徵。指夷爲夢，北宋爲名[一五]。雖默寂而悟知，却多聞而彰明。雖梅鹿且荷葉，實盤博且冠誠。無極吐納，若芬虛盛。巨波何逐，昏醒何驚[一六]。留薰於文廟，廣禮於仁庭。

賢歌同之漢樂，上德囑之元笙。兵燹疲而嘘欷，桃林絃而訢盈。天地之參嘉，幬載之雲擎。同治大成，釁門志優[一七]。張弛儒道，來去輕舟。如醉之逸悠，醉有仙官窑穴，清泉施潤之浮，棗集甜酒，闕長舞勺之留[一八]；欲曉之周颸，曉看洄溯真義，彤雲緑影之洲。爽塏風貌，善水榮嘉之秋。

[一] 鹿邑始名厲，至西周改稱苦。

[二] 傳老子爲顓頊高陽氏後裔，曾爲理官，子孫世襲大理之職。至商紂王時方止，最後一位大理官爲理徵。理徵妻子逃至苦縣，生子以李爲姓。老子爲其六世或十一世孫。老子父親爲李乾，母親爲益壽氏之女嬰敷。參見《新唐書》。又：老子李姓故事各古籍略有差别，此處從多。

[三] 傳孔子在多次問禮老子後，由衷讚嘆老子猶如真龍在世。參見《史記·老子韓非列傳》。

[四] 指李姓萬枝，老子文化源遠流長。

[五] 太清宫長子口墓爲迄今發現最重要的西周早期大墓之一，出土有中國最早的禽骨排簫，有骨管十三根，長短粗細不等，出土時色澤瑩潤如玉似翠，將我國出土排簫的歷史從春秋提前了幾百年。參見《鹿邑太清宫長子口墓》（中州古籍出版社，二〇〇〇）。

[六] 商末周初時長氏與周王朝關係密切。甲骨卜辭記載長氏曾向商王貢龜；西周青銅器銘文又證長氏在周時歸服於周，仍被封厲地。參見林歡《試論太清宫長子口墓與商周「長」族》（《華夏考古》二〇〇三年第二期）、朱麗《鹿邑隱山長氏大墓的國屬問題》（《周口文物考古研究》，中州古籍出版社，二〇〇五）。

[七] 伍員釣臺，光緒《鹿邑縣志》卷五引《水經注》云：「濄水又東，逕大棘城南，故鄏之大棘鄉也，其地爲楚莊所併，故曰大棘，楚地有楚太子建之墳及

伍員釣臺，池沼俱存。」《陳留風俗傳》曰：大棘，故安平縣也。舊安平集西南有安平故城，故城西南有土阜、寺阜、黑龍潭。

〔八〕即虞姬墓。綉綴指虞姬劍飾。

〔九〕陳思王墓，在縣西五十里，有數塚纍纍相望，呼爲思陵塚。《陳志》云：「按《後漢書·明帝八王傳》：『章和二年遺詔徙封西平王羡於陳，食淮陽郡，是年就國，立三十七年薨，謚曰敬。子鈞立於二十一年薨，謚爲思王。』時武平、苦俱屬陳國爲食邑，方知此爲漢陳思王劉鈞葬處。」

〔一〇〕虞詡，字升卿，東漢陳國武平人，年十二，通《尚書》。孝養祖母，舉孝孫，拜郎中。爲朝歌長，大有治聲，遷武都太守。纍遷尚書僕射，永和初以尚書令去官卒。其祖父虞經，爲郡縣吏，案法平允，務存寬恕。每上狀，恒流涕隨之。嘗曰：吾子孫何必不爲九卿？故字其孫詡曰「升卿」。尚書令東漢時屬少府，秩千石。參見《後漢書·虞詡傳》，光緒《鹿邑縣志》卷十四。

〔一一〕曹操封地武平，傳其於此地迎漢獻帝至許昌。

〔一二〕見諸葛亮《隆中對》：「曹操比於袁紹，則名微而衆寡。然操遂能克紹，以弱爲强者，非惟天時，抑亦人謀也。今操已擁百萬之衆，挾天子以令諸侯，此誠不可與争鋒。」

〔一三〕欒臺爲避黄水而建，舊有欒相寺，香火甚旺。

〔一四〕指太清宫、明道宫。

〔一五〕後周世宗顯德年間曾與陳摶問對，宋太宗賜號希夷。參見光緒《鹿邑縣志》卷十四。

〔一六〕指陳摶公園景觀及其建築設計理念。參見寇麗芬、黨運寬、張玉書《别有天地非人間——鹿邑陳摶公園規劃設計説明》（《河南風景園林——二〇〇三年學術交流論文集》）。

〔一七〕鹿邑縣有孔子廟自東漢始。文廟在縣治東，爲元至正中歸德守觀志能創建，後幾遭燬於兵，各朝相繼修葺，清帝多有題匾，咸豐間頹圮殆盡。同治九年（一八七〇）縣人集貲爲大成殿五楹。參見光緒《鹿邑縣志》卷七。

〔一八〕老子在棗集教人燒窑時因嫌水質渾濁而點地出泉，泉水甘洌，釀酒極佳，即後來宋河酒。老子與函谷關令尹喜爲厲鄉溝兒時夥伴，曾幫助尹喜出鄉避難。參見《鹿邑縣志》第九章（中州古籍出版社，一九九一）。

後記　紋華自在家園

我這本集子，簡單來説就四個字：抛磚引玉。

只不過，我是倚靠在歷史的寶藏之旁，來邀請大家珍視歷史、發掘寶藏、傳播文明，從知識文化當中汲取資糧，做個立得扎實站得穩的華人，做思想範疇的「産糧」大區！

我們熱愛故鄉鄰里，就要爲她服務、奉獻。

我們彰顯民族華珍，就要尊重生長她的地方。

我們知千里於足下，先要知道，脚下所依是我們的家園、母親。

怎樣以更加高效的方法來建設家鄉，也許是我們要着力思考和發言的；由此，我們纔能真正搭築起讓大家安樂、和諧的一石一階。大道周口，古跡城臺，高皇始祖，重臣宿將，先生大儒，鄉賢義勇，隱士名流……難以一一羅列。伏羲氏，以愛民福民爲宗綱；女媧氏，以愛民哺民爲責任；神農氏，以愛民强民爲行履。老子，爲其安而守居乃言德；王子，爲其適而立業乃言變；扶摇子，爲其和而知敬乃言極。周口長川，幽徑坦途，織出六千年紋華，今天的我們，一定能從中學到很多很多……

慚愧的是，我的學習不怎么好，本集中有很多疏漏，到印刷之前仍在不斷訂正，但是，還是不够。有些地方是考據工作做得不够，有些地方則是文力未足表達；也有些地方是明知訛傳閑話却「故犯」的，只爲能從趣味吸引上做些功用；以上種種不足，至今深爲忐忑。一恐不能充分描述家鄉之好，一恐貽笑方家混誤視聽。在這裏，誠懇希望大家多提金玉意見，以共同發掘家鄉文化和家鄉文化的力量！包括我們每個人的家鄉，包括地理概念的和心理概念的。

好在周口目前已成立專業研究團體「周學研究中心」，邀請衆多學者助力加盟，大力挖掘家鄉起源的文化，以「學古知今，因序有禮，心珍草木，道合中西」。我相信，這個文化事業將會做得越來越好！

此部文稿和書作反反復復，春秋風熏幾歷，方漸有此樸形，其中要誠摯感謝河南省周口市各級單位，尤其是周口市人力資源和社會保障局王少青局長、市文化局凌全貞局長、市博物館李珂副館長，是他們在奔波聯絡、提供方便；感謝沈錫麟先生不顧年邁，精心審讀稿件；感謝周口市博物館周建山館長對本書史料的幾番審讀，感謝同道白爽爲書作用印的良多刻篆，感謝我的小益友羅鈞升、陳杰、朱曉飛、蒲凱、王偉鳴、楊二峰、宋揚帆、姚萬順、楊銘川、韓昌禄、陳源霖、劉濤等對書法手稿的分類整理，是他們於工作之餘録字校句，夜深不輟；感謝中華書局朱振華、李曉燕、許麗娟和每一位編校人員，他們的耐心細緻保證了如期出版；感謝衆多友人的多方支持，並深深地祝福大家！

願我們的家鄉、我們的民族愈加美好！

王學嶺於文珍晴窗

又記　我的家

記得幼時，我家東、南和北邊，都有小湖，緑草如茵。楊樹林一年四季被雨水冲洗，樹皮白而透青。手抓着手旋轉時，能觸摸到它微微的潮度、韌性……那夢中的家鄉的温潤。

春日陽光照過來，讓人打心眼裏暖熱感動。少年的我們四處奔跑，遇見不知多少個同樣晶瑩的新葉芽。堆在角落的舊木頭，從青苔的花紋中甦醒，等待夏雨，晝夜之間就已戴上蘑菇做成的花冠。摘幾朵，手上全是水痕，聞一聞，又全是澀澀清香。夏滿秋重，麥香數里。爽風練霞，吹起了湖皺河紋，一路曲洄望眺不盡。日香與晝卷層叠於目，蕩漾於胸，霜積時，也正是岸邊梅開時。每去玩耍，定要枝椏彈落幾片雪霧，再深吸到鼻腔……却似母親厨間喧騰的蒸汽味道。不多久，它們就會變出各種香甜。

在創作作品時，一年一年裏，這種温熱，無數次從心中涌向鼻頭臉龐。我該如何纔能表達？黄河岸邊，宛丘歌中，世代善良淳厚沉澱而成的家的慈祥，是人生的根基，是城市的傳載，是力量的凝聚。江河村落，不捨涓涓，帶走路邊幾粒細沙，彙集八方悲歡陳新，相逢時，可聽到鄉音、可結得摯友？一瞬流過，千年激飛，多少風華，在祖國南北東西，在一處處湖岸、小橋影中，在大漠濱海，在家鄉。我們該如何纔能奉獻報答……

王學嶺於文珍晴窗

二〇一四年初秋